四字熟語で始める
漢文入門

円満字二郎 Emmanji Jiro

JN178562

★——ちくまプリマー新書

473

はじめに

漢文はお好きでしょうか？　タイトルに「漢文入門」と書いてある本をこうやって開いて見ているのですから、好きというほどではなくても、少なくとも興味はお持ちなのでしょうね。

漢文とは、基本的には昔の中国の文章のことを言います。古文の中国語版です。とはいえ、日本の古文が季節感や恋愛感情といった、微妙で繊細な感情を描くことが多いのと比べると、漢文の世界は趣がかなり違います。

そこで展開されるのは、たとえば、骨太な歴史ドラマ。あるいは、ド直球の人生論。かと思えば、人間の本質を鋭く捉えてわかりやすく教えてくれるたとえ話も出てきますし、想像力を大いに刺激してくれる、超常現象みたいな奇妙な物語だって語られます。

わたしは、そんな漢文が好きです。でも、正直なところ、まわりを見回してみても、同好の士はそんなには見当たりません。漢字ばかりで書かれた中国の古い文章を読んでみようなんて、近ごろはあんまりはやらないようなのです。

一方、四字熟語が好きだという人は、たくさんいます。漢検の準一級や一級に挑戦している〝漢字の猛者《もさ》〟たちはもちろんのこと、漢字に特別な興味を持っているわけではない〝ふつうの人〟の中にも、四字熟語をいくつも知っていたり、座右の銘にしていたりする人がいらっしゃいます。たった四文字でけっこう複雑な意味を表現できる四字熟語には、特別な魅力があるのでしょう。

ところが、四字熟語が好きだと公言してはばからない人も、漢文にはあんまり興味を示してくれない――。それが現実なのですが、私は、その現実をもったいないと思うのです。なぜかというと、四字熟語の中には、漢文から生まれたものがたくさんあるからです。

たとえば、〝どうすればいいかわからない〟ことを表す「五里霧中」は、一〜二世紀ごろの中国の歴史を扱った歴史書に載っている、霧を自在に発生させる不思議な術の持ち主にまつわる話から生まれました。また、〝強い者が生き残る〟場合によく使われる「弱肉強食」は、九世紀のある中国の文豪が、のんびりと生きていけることに感謝してつづった文章から生まれた四字熟語です。その文章では、動物の世界は「弱肉強食」だけれど人間界は違う、という文脈で使われています。そうだと知ると、この四字熟語に対するイメージが少しだけ、変わってきませんか？

漢文から生まれた四字熟語は、元の漢文の内容を知ると、より味わいが増します。だから、四字熟語の意味や使い方を知るだけで満足していないで、元になった漢文の世界も覗《のぞ》いてみてほしい。――それが、『四字熟語で始める漢文入門』なる本を書いてみようと思った動機です。

漢文はどれも大昔に書かれたものですが、その中には、現代に生きる私たちに引き付けて味わうことができるものがたくさんあります。この本では、その点に注意して題材を選んでみました。すでに漢文に多少なりとも興味を抱いているみなさんであれば、おもしろがってくれるんじゃないでしょうか。

とはいえ、長い漢文を読み解くのはたいへんですから、実際に漢文を引用するのは、ストーリーの核となる重要な部分だけ、一度にせいぜい一五字くらいまでに限ることにします。その前後は、ふつうに日本語の文章で説明していきます。また、読み方がわかりにくい漢字には振り仮名を付けておきますし、注意すべき意味や用法を持つ漢字はその都度、きちんと説明していきますから、読んでいくのにそんなに苦労はかけないつもりです。

加えて、「返り点」だとか「句形」だとかいった、漢文を読むための基本的な知識ももちろんていねいに解説していきます。学校での漢文の勉強にも、役立つはずです。

でも、そんな細かいことよりも、私が本当に伝えたいのは、漢文の世界のおもしろさ。能書きはこれくらいにして、その豊かな世界に実際に足を踏み入れてみることにしましょう。

目次 ＊ Contents

◎漢文・書き下し文では、新字体をはじめとする、現在、一般に用いられている字体を用いました。

◎漢文・書き下し文の送り仮名は旧仮名遣いとしましたが、振り仮名については、煩を避けるため、漢文でも書き下し文でも新仮名遣いを使っています。

扉イラスト　大高郁子

序章

送り仮名と返り点

1　漢文と送り仮名

漢字と漢文の伝来

漢字がもともとは中国で発明されたことは、常識だと言っていいでしょう。でも、それがいつの時代のことなのかは、実ははっきりしていません。確実にわかっているのは、今から三三〇〇年ほども昔、紀元前一三〇〇年ごろの中国では、すでに漢字を用いてまとまった文章が書かれていた、ということだけです。有名なエジプトのツタンカーメン王とだいたい同じころのことです。

当時は、紙も筆もまだ発明されていない時代。漢字は、ナイフのような刃物を使って、亀の甲羅や、牛や鹿などの大きな骨に刻みつけて書かれていました。そこで、そのころの漢字は「甲骨《こうこつ》文字」と呼ばれています。

甲骨文字は、現在の漢字とは、見た目がだいぶ違います。それが時代とともに変化して、現在の私たちが使っている「楷書《かいしょ》」と呼ばれる形の漢字ができあがってくるのは、だいたい紀元後の三世紀から五世紀ごろにかけてのことだと言われています。

漢字が日本列島に伝わったのも、だいたい同じころのことです。その際、漢字は基本的には文章として日本列島へともたらされたことでしょう。つまり、だいたいそのころに、漢字ばかりで書かれた中国語の文章を、日本人も目にするようになったというわけです。

「漢文」とは、基本的には、そのころから日本人が接してきた、古い時代の中国語の文章のことをいいます。でも、私たちが学校の教科書で目にする漢文は、必ずしも漢字だけで書かれているわけではありません。漢字の右下に小さなカタカナが書き込まれていたり、左下にいろんな記号が付けてあったりします。あれは何かというと、昔の日本人が漢文を読むために編み出した工夫なのです。

甲骨文字の例
山（左上）、水（右上）
魚（左下）、見（右下）

手っ取り早く意味を知る

どうしてそんなことをする必要があったかというと、当時の日本人も今の私たちと同じで、ほとんどの人は中国語ができず、中国語の文章をそのまま見せられても理解できなかったからです。そこで、日本人にも理解できるように、漢字ばかりの文章にいろいろと〝書き込み〟をしたのです。

私たちが英語を勉強するとき、単語の意味や文法的な注意事項などを、英文に直接、書き込むことがありますよね。あれと同じことを漢文でもやっていたのです。

ただ、英語の場合は、最終的にはそういう作業をしなくてもすらすらと文章が読めるようになることを目指すわけですが、漢文の場合は、その作業がシステム化されて、誰かが〝書き込み〟をしてくれた文章を読むのがスタンダードになったのです。外国語に取り組む方法としては、かなり特殊ですよね。

当時の中国には、日本人がまだ知らなかった知識や技術がたくさんありましたから、それらを吸収することは、日本人にとってとても重要なことでした。しかしその一方で、日本と中国は海を隔てて遠く離れていて、中国人と直接、顔を合わせてコミュニケーションを取ることはめったにありませんでした。だから、会話ができるレベルまで中国語を身につける必要はなかったのです。

つまり、昔の日本人にとっては、書かれた文章の意味がなんとかわかるようになるだけで、中国語の能力としては十分だったのです。そのための手っ取り早い方法としては、〝書き込み〟付きで読む方法は実はすごく実用的だった、といえるでしょう。

漢文を読み味わうためには、その第一歩として、この〝書き込み〟を読み解けるようにならなくてはなりません。そこで、序章では、その読み解き方について説明しましょう。その題材にするのも、もちろん四字熟語。四字熟語の中には、たった四文字だけれどれっきとした「漢文」として読めるものが、少なくないのです。

読み方を示す「送り仮名」

たとえば、「半信半疑」という四字熟語があります。〝半分くらいは信じているけれど、半分くらいは疑っている〟という意味で、「芸能人のゴシップを半信半疑で聞く」なんていうふうに使います。

このことばを、私たちはふつう、「はんしんはんぎ」と音読みしています。これは、実は一種の中国語なのです。なぜかといえば、漢字の音読みとは、昔の中国語の発音が日本語風に変化したものだからです。

昔の中国人が「半信半疑」という四文字を中国語で発音しているのを聞いて、日本人もそれをまねしてみる。その際、ネイティブと同じように発音するのは難しいので、どうしても日本語風になまってしまう。そういうふうにして生まれて日本語の中に定着していった結果が、「はんしんはんぎ」という音読みなのです。

これを漢文として読むときには、次のように〝書き込み〟をしてやります。

半《バ》信《ジ》半《バ》疑《フ》。

そうして、右下に小さく書き込まれたカタカナを、漢字のあとに付け加えながら読んでいきます。カタカナのままだとなんだか堅苦しいですから、ひらがなにして書き起こすと、次のようになります。

半ば信じ半ば疑ふ。

これは、「なかばしんじなかばうたがう」と読める、日本語の文ですよね。ただし、漢文の世界では、古文と同じように歴史的仮名遣いを用いるのが一般的ですから、「疑う」が「疑ふ」になっている点には、注意が必要です。

漢文の世界では、このように漢字の右下に小さく書き込まれたカタカナのことを、「送り仮名」と呼んでいます。「半」に付けられた「バ」という送り仮名は、この「半」は「なかば」と読めば意味がわかるよ、ということを簡潔に示しています。「信」の「ジ」も、「疑」の「フ」も同じこと。こうやって送り仮名を付けることで、元来は中国語の文だったものが、日本語の文としても読めるように早変わりするのです。

送り仮名付きの漢文を読む

送り仮名が付けてある漢文を読むのは、そんなに難しいことではありません。それぞれの漢字のあとに、送り仮名を付け足しながら読んでいけばいいだけです。たとえば、〝自分で脚本を作って自分で演じる〟ことをいう「自作自演」は、どうでしょうか。

自《ラ》作《リ》自《ラ》演《ズ》。

簡単ですよね。「自《みずか》ら作り自ら演《えん》ず」と読めばいいだけです。「みずから」は、歴史的仮名遣いでは「みづから」になりますが、ここは振り仮名なので、現代仮名遣いのままにしておきました。以下、同様に、振り仮名では現代仮名遣いを用いることにします。

このようにして漢文を読む方法は、平安時代から江戸時代にかけて編み出され、定着してきたものです。歴史的仮名遣いを使うのはそのためですが、それだけではなくことばそのものも昔風ですから、現在の私たちにはなじみにくい場合があります。

朝《ニ》令《シテ》暮《レニ》改《ム》。

送り仮名を付け足していくと、「朝に令して暮れに改む」となりますよね。これをふつう、漢文では「あしたにれいしてくれにあらたむ」と読みます。

昔の日本語では、現在「あさ」と言っている〝日が出るころの時間帯〟のことを、「朝《あした》」と表現するのが一般的でした。『徒然草《つれづれぐさ》』に「雪のおもしろう降りたりしあした」

という一段があるのを、教科書で読んだことがある人もいるのではないでしょうか。だから、漢文でも「朝」という漢字を、昔風に「あした」と読むわけです。「れいして」なんてことばも、現在の私たちはまず使わないですよね。〝命令して〟という意味のやや堅苦しいことばです。「あらたむ」は、「あらためる」の古語。以上を合わせて解釈すると、〝朝に命令したことを夕方に改める〟という意味になります。

この漢字四文字、「ちょうれいぼかい」と音読みして、〝決めたことをすぐに変える〟という意味の四字熟語として、現在でも使われていますよね。

送り仮名とは、漢文の一文字一文字について、それをどう読めば日本語としてわかりやすくなるかを示す〝書き込み〟です。これを手がかりにすれば、その漢字をどう読めばいいかがわかります。でも、漢文には、送り仮名とは別のタイプの〝書き込み〟も使われます。次に、それについて説明してみましょう。

2　返り点のしくみ

日本語と中国語では語順が違う

「我田引水《がでんいんすい》」という四字熟語がありますよね。〝自分の田んぼにだけ水を引いてくる〟ところから一般化して、〝自分の都合だけを考えて行動する〟という意味で使われます。

これを漢文として読むために送り仮名を付けると、次のようになります。

我《ガ》田《ニ》引《ク》水《ヲ》。

ただ、これを読もうとすると「我が／田に／引く／水を」となります。おかしな表現ですよね。どうしてこうなってしまうのかというと、それは、日本語と中国語とでは語順が異なることがあるからです。

「私は学校に行く」という日本語と、〝I go to school.〟という英語は同じ意味です。しかし、英語では、「学校に」に相当する〝to school〟は、日本語とは違い、「行く」に当たる〝go〟の後に置かれます。これと同じような語順の違いが、日本語と中国語の間にもあります。日本語では「水を引く」という順番で表現する内容を、中国語では語順が入れ替わって「引水」と表現するのです。

そこで、漢文を読むときには、語順の違いを示す〝書き込み〟もしておいてやる必要があります。「我田引水」の場合だと、次のような感じです。

我《ガ》田《ニ》引《ク》レ水《ヲ》。

「引」の左下に、カタカナの「レ」のような記号が付けてありますよね。これが付いている漢字は、いったん読むのを保留します。そして、一つ先の漢字を読んでから〝返って〟きて読む。その結果、この漢文は「我が田に水を引く」と読むことになります。

こういうふうに、漢文を日本語として読む際に、語順入れ替えの指示として漢字の左下に付ける記号を、「返り点」といいます。いったん先の字に進んでからブーメランみたいに〝返ってくる〟イメージですね。その中でも、形がカタカナの「レ」に似ているこの記号は、その名もズバリ、「レ点」と呼ばれています。

レ点付きの漢文を読む

ここで、レ点についてまとめておくと、次のようになります。

> ✤レ点のルール
>
> ☆レ点が付いている漢字に出会ったら、一つ先の漢字を読んでから、〝返って〟きてその漢字を読む。

これに慣れるための練習を、少ししておきましょう。たとえば、〝世間をものすごくびっくりさせる〟ことを意味する「驚天動地」という四字熟語を、漢文として読むとしたらどうなるでしょうか？

驚《カシ》レ天《ヲ》動《カス》レ地《ヲ》。

送り仮名を付け足しながら上から順に一文字ずつ読んでいくと、「驚かし／天を／動かす／地を」となりますよね。でも、「驚」にはレ点が付いているから次の「天を」を先に読み、それから〝返って〟きて「驚かす」を読むわけです。「動」も同様で、結果、「天を驚かし地を動かす」と読むことになります。〝天をびっくりさせ大地を震えさせる〟くらいの衝撃を、世間に与えるという比喩表現です。

もう一つ、〝うれしさが顔いっぱいに現れている〟ことを表す「喜色満面」も、漢文として読んでみましょう。

喜色満ツレ面ニ。

これまでの例とちょっと異なるのは、「喜」と「色」には送り仮名すら付いていないこと。そういう場合には、ふつうの日本語と同じように読めばいいのです。この場合だと、二文字続けて「きしょく」ですね。ここでいう「色」は、〝顔色〟のことです。

次の「満」にはレ点が付いているから、いったん飛ばします。先に次の「面」に送り仮名を付け足して「面《おもて》に」と読み、それから「満」に〝返って〟「満《み》つ」と読むことになります。

結果は、「喜色面に満つ」。この場合の「面」は〝顔〟のことですから、「おもて」と読むのが一般的です。ちなみに、「満つ」は「満ちる」の古語です。

二文字以上〝返る〟には？

これでもう、レ点のしくみは大丈夫ですよね？　ただ、返り点がレ点だけで済めば話は簡単ですが、そうは問屋が卸しません。なぜなら、レ点ではすぐ次の漢字からしか〝返って〟くることができないからです。漢文の語順を日本語の語順に並べ替えるためには、時には少し離れた漢字から〝返る〟ことが必要になる場合もあるのです。

その例として、「一攫千金《いっかくせんきん》」という四字熟語を取り上げてみましょう。「攫」は画数が多くて難しそうですが、〝つかみ取る〟という意味を表します。「千金」とは、〝大量のお金〟。そこで、この四字熟語は、〝一回で大量のお金をつかみ取る〟という意味で使われています。

これを漢文として読む場合には、次のようになります。

一タビニ攫《つかむ》二千金ヲ一。

最初の「一」は、送り仮名を付けて「ひと（たびに）」と読み、〝一回で〟という意味を表します。次の「攫」には「む」という送り仮名が付いていて、合わせて「つかむ」と読みます。ただ、この漢字には「二」という返り点も付いています。

これが付いている場合、その漢字をいったん飛ばすのは、レ点と同様です。しかし、レ点とは違って、「二」という返り点が出てきてからでないと、その漢字に〝返って〟きてはいけないのです。そこで、「攫」を飛ばしてとにかく先に進みましょう。

次に出てくる「千」には何も付いていませんから素直に読めばいいのですが、その次の「金」には「ヲ」と送り仮名が付いているので、二文字続けて「せんきんを」と読むことになります。ここで、一点の登場です。その指示に従って、「攫」まで〝返って〟「つかむ」と読むわけです。全体では、「一たびに千金を攫《つか》む」と読むことになります。

今、説明したような、少し離れた漢字から〝返る〟場合に用いる返り点のことを「一《いち》二点《にてん》」といいます。一二点の読み方をまとめると、次の通りです。

✤ 一二点のルール
①二点が出てきたら、それが付いている漢字はいったん飛ばして先に進む。
②そのまま順番に漢字を読んでいって、一点が付いている漢字に出会ったら、それを読んでから二点が付いている漢字に〝返って〟読む。

確実にクリアできるゲーム

日本語でも英語でもほかのどんな言語でも、書かれた文章というものは、最初から最後に向かって順々に文字を追って読んでいけばいいものです。ところが漢文では、返り点に従って語順を入れ替えて読んでいかないといけません。

それを〝めんどくさい〟とか〝ややこしい〟と感じる人は、たくさんいます。でも、記号に従って順番を入れ替えて読むという作業には、一種のゲームのようなところがあります。しかもこのゲームは、返り点のきまりというルールさえマスターすれば、誰でも確実にクリアすることができる、実に単純なものなのです。

さらに朗報をお伝えしておきますと、レ点と一二点をしっかり理解すれば、返り点はほぼマスターできたも同然。他のタイプの返り点も存在はしますが、それは、レ点と一二点の発展形でしかありません。

なお、送り仮名や返り点のように、漢文を日本語として解釈して読んでいく際に用いる記号のことを、「訓点《くんてん》」といいます。ここでいう「訓」とは、〝解釈する〟という意味。また、訓点を付けて読んでいくことを「訓読《くんどく》」といいます。

そして、「一攫千金」を「一たびに千金を攫む」にするように、訓点に従って漢文を書き改めることを、「書《か》き下《くだ》す」といいます。その結果として出来上がった文は、「書き下し文」。実際には書かないで、頭の中や口頭だけで漢文を書き下し文にしていく場合には、「読み下す」ということばを用いることもあります。

以上で、漢文の世界に乗り込むための基礎準備は完了です。それでは、序章の最後に、本格的に漢文を読むための橋渡しとして、レ点と一二点の両方が一緒に出てきて、なおかつちょっと別の知識も必要になる四字熟語を、見ておくことにしましょう。

漢文を読むために必要な知識

「不得要領《ふとくようりょう》」という四字熟語を、ご存じでしょうか？　意味は、〝何が重要なところなのかはっきりしない〟こと。「この手紙は不得要領で、何を伝えたいのかよくわからない」といったふうに用いられます。

　この四字熟語を漢文として読もうとすると、次のようになります。

不《ず》レ得二要領《ヲ》一。

　まずは、返り点に従って漢字を読む順番を確認しておきましょう。

一番上の「不」にはレ点が付いていますから、いったん飛ばして次に進みます。次の「得」にも二点が付いているのでまた飛ばして先に進むと、その次の「要」には返り点がないから、最初に読むのはこの漢字だということになります。

　続いて「領」を読んだところで、ここに一点が付いているから、二点が付いていた「得」に返ります。さらにレ点のはたらきによって、「得」から「不」に返ることになり、結果、「要／領／得／不」の順番で読んでいけばいい、ということになります。

順番はわかりましたので、送り仮名を付け足しながら読んでみましょう。「要」には送り仮名がなく、次の「領」と合わせて「要領」という熟語になっています。「領」に付いている送り仮名を付け加えると、「ようりょうを」となりますよね。「得」にも送り仮名がないから「とく」と音読みしたくなりますが、ここで考慮に入れないといけないのは、最後に読む予定の「不」という漢字です。

これは、〝○○しない〟〝○○ではない〟という否定を表す漢字です。「不動」とは〝動かない〟こと。「不安」とは〝安らかでない〟ことですよね。

漢文では多くの場合、「不」の意味を、古文の打ち消しの助動詞「ず」を使って表現します。「動かない」「安らかでない」を古文的に表現すると「動かず」「安らかならず」になることは、古文の時間に習ったことでしょう。

そこで、今、問題にしている「得」も、〝○○しない〟に当てはまるように、動詞として「え（る）」と読みます。その上で、「不」を打ち消しの助動詞「ず」として読むと、「不得」の二文字で「えず」と読めばいいことになります。つまり、この漢文を書き下すと「要領を得ず」となるわけです。

なお、「不」のような助動詞を漢字のまま残すのは日本語らしくないので、書き下し文ではひらがなにするのが一般的です。

✤「不」の読み方
☆「不Ａ」の形で「Ａせず」「Ａならず」と読み、〝Ａしない〟〝Ａでない〟という意味を表す。「ず」は助動詞なので、書き下し文ではひらがなにするのが一般的。

漢文を実際に読んでいく際には、送り仮名や返り点に関する知識だけではなく、「不」は古文の「ず」で読むんだというような特別な知識も必要となります。つまり、漢文を読み味わうためには、漢字に関する幅広い知識が必要となるのです。裏返せば、漢文を勉強すると、漢字についての幅広い知識が自然と身についていくことになるわけです。

そこまでおわかりいただいたところで、章を改めて、いよいよ、四字熟語の元になった漢文を読み味わっていくことにしましょう。

第1章

今と変わらぬ人間模様

1　自己満足は別れの始まり——意気揚揚（史記）

総理大臣と専属の運転手

序章では、四字熟語を漢文として読むことを通じて、送り仮名と返り点について説明しました。この章では、そこで得た知識を生かしながら、もう少し長い文章を題材にして、訓点が付いた漢文を書き下し文にする練習を重ねていきます。と同時に、漢文独特のはたらきをする漢字についても、説明していくことにしましょう。

最初に取り上げるのは、「意気揚揚《いきようよう》」の元になった漢文です。この四字熟語の意味について、くだくだしく説明する必要はないでしょう。「金メダルを取った選手が、意気揚揚と故郷に凱旋する」などと、日常的に使われる表現です。

ちなみに、「揚揚」のように同じ漢字を繰り返す場合、日本語では繰り返し記号の「々」を使うのが一般的ですが、漢文では二つ目もきちんと書くのがふつうです。この本では漢文式を採用しますが、「意気揚揚」を「意気揚々」と書いたって、何の問題もありません。

さて、時は紀元前六世紀。そのころの中国ではいくつもの国が争いをくり広げていましたが、それらの国の中でも特に大きくて強い「斉《せい》」という国に、晏嬰《あんえい》という政治家がいました。この人は体が小さかったため、押し出しの強い人物というわけではなかったのですが、政治的な手腕は抜群で、数十年にもわたって宰相《さいしょう》——今でいう総理大臣として、国政のトップを担い続けました。

現代でも、総理大臣や大統領は、専属の運転手が運転する立派な自動車に乗って外出することがありますよね。当時も同じで、この晏嬰さんは専用の馬車を持っていて、それを走らせる専属の御者《ぎょしゃ》を抱えていました。超大国の総理大臣の馬車ですから、その御者は、最高級の腕前を持つ、同業者のトップに君臨する人材だったことでしょう。

屋根付きの立派な馬車

さて、ある日、いつものようにお抱えの御者にこの馬車を操縦させて、晏嬰さんがお屋敷の門から出ていった時のこと。そのようすを、物陰からこっそり見ている人がいました。それは、この御者の妻。夫婦そろってお屋敷に住み込みで働いていたのでしょう。彼女の目には、夫の姿がこんなふうに映ったそうです。

其《そ》ノ夫ハ為《なり》二相《しょう》ノ御ト一、擁《よう》シ二大蓋ヲ一、策《むち》ウツ二駟《し》馬《ば》ニ一。

さあ、いよいよ漢文の実地訓練の始まりです。序章で説明したように、漢字のあとに送り仮名を付け加えながら、返り点のルールに従って読んでいきましょう。前半の五文字では、「為」に二点、「御」に一点が付いているから、「為」はいったん飛ばして「御」まで読んでから返って読むんですよね。だから、書き下すと、

其《そ》の夫《おっと》は相《しょう》の御《ぎょ》と為《な》り、

となります。「其」は「そ（の）」と読む漢字。「相」は〝宰相〟のことですから、音読みで「しょう」と読みます。「御」は〝御者〟。「為」は、ここでは「な（る）」と読む漢字です。解釈すると、〝その人の夫は、宰相の御者となって〟となります。

後半も、三文字ずつ二組のまとまりに一二点が付いているだけですから、読んでいく

順番を決めるのは簡単です。でも、漢字そのものは、ちょっと難解です。

大蓋《たいがい》を擁《よう》して、駟《し》馬《ば》に策《むち》うつ。

「大蓋」の「蓋」は、訓読みすれば「ふた」で、ここでは馬車をふたのように覆っている〝屋根〟のこと。総理大臣専用の立派な馬車には、大きな屋根が付いていたというわけです。「擁する」とは、基本的には〝抱え持つ〟という意味で、ここでは〝中心に抱える〟という感じ。「絶対的なエースを擁する強豪チーム」なんていうふうに、今でも使いますよね。つまり、馬車の屋根を支える柱を〝中心に抱えて〟いること。馬車の車体の真ん中に、大きな屋根を支える柱が立っていたと考えるとよさそうです。

いろいろ役立つ竹の棒

その後に出てくる「駟」はおもしろい漢字で、見た目そのまま〝馬が四頭〟ということ。馬車を引く馬の数は、ふつうは一頭かせいぜい二頭ですが、晏嬰さんの馬車はさすがに最高級で、四頭立てだったという次第。その四頭の馬を「策うつ」というのは、走らせるために〝ムチを当てる〟ということです。

「策」は、もともとは〝竹を割って作った棒や板〟を表す漢字で、「竹かんむり」が付いているのはその名残。細くてよくしなる竹の棒をムチとして使うところから、〝ムチを当てる〟という意味が生まれました。一方、紙の発明以前には、文字を書きつける材料として、細長い竹の板が使われました。それに政治のやり方を書いて王に提出したところから、この漢字に〝やり方〟という意味が生まれ、そこから「政策」「方策」「対策」といったことばが生まれていくわけです。

それはともかく、晏嬰さんの御者の妻は、その夫が〝大きな屋根付きの馬車に乗り、四頭の馬にムチを当てて走らせている〟姿を覗《のぞ》き見していたわけです。その時のご本人のようすは、次のようだったそうです。

意気揚揚トシテ甚《はなは》ダ自得スル也《なり》。

この文には返り点が一つもないので、上から順番に送り仮名を付け足しながら読んでいくだけ。楽勝ですね。ただ、最後の「也」だけは、漢文ではよく出てくる漢字ですから、ちょっと注意しておきましょう。

「也」が漢文の文末に出てくる場合、〝〇〇である〟という断定の意味を表すのが基本です。そこで、古文の断定の助動詞「なり」を使って読みます。

❖「也」の基本的な読み方

✰文末に置かれた「也」は、古文の断定の助動詞「なり」を使って読む。助動詞だから、書き下し文にするときにはひらがなにするのが一般的。

これを踏まえて書き下し文を作ってみると、次のようになります。

意気揚揚《いきようよう》として甚《はなは》だ自得《じとく》するなり。

「甚だ」は、〝とても〟。「自得」とは、〝自分だけで得意になっている〟つまり〝自己満足している〟こと。最後の「也」は、しいて訳すと〝とても得意になっていたのである〟という感じですが、現代の日本語としてはちょっと大げさですから、無理に訳さなくてもいいでしょう。

総理大臣のお抱え運転手なんだから、この御者が〝得意になる〟のも当然ですよね。

その気持ちを、ふわふわ浮き上がっていくような「揚」という漢字を用いて表現したのが「意気揚揚」。なかなかうまい表現だと思いませんか。

晏嬰さまはご立派なのに……

さて、このお話が物語としておもしろいのは、実はここからです。ただ、漢文としては少し難しいので、私なりにまとめて紹介することにしましょう。

「意気揚揚」としている夫の姿を見て、この女性はなんと、離婚を申し出ます。びっくりしてその理由を尋ねた夫に対して、彼女は次のように答えたそうです。

「晏嬰さまは体は小さいけれど総理大臣になって、評判は諸外国にまで鳴り響いています。出かけていくお姿は、何か深く考えていらっしゃるごようすで、思い上がっているふうには見えませんでした」

大きな国の総理大臣なのに、偉そうなところがまったくないというんですから、晏嬰さんは立派な人だったのでしょうね。

「一方、立派な体格をしているあなたは、他人の馬車を走らせる仕事をしています。それなのに、現状で十分だと考えていらっしゃる。だから、離婚したいのです」

どうやらこの女性、小柄な人より大柄な人の方が優れているし、馬車の御者より宰相の方が立派な仕事だ、と考えているようですね。現代の感覚からすると、それには明確にNGを出しておかねばなりません。小柄でも魅力的な人はいっぱいいるし、車の運転手は多くの人の役に立つ、かけがえのない職業です。

でも、この妻が言いたいことはそこではないことも、確かでしょう。今の自分に満足しきっている夫が、許せなかったのです。確かに現状に満足していては、向上心が生まれる余地はありません。

とはいえ、夫にしてみれば、人もうらやむようないい仕事に就いているのに離婚を切り出されるなんて、たまったもんじゃありませんよね？　これは、夫婦喧嘩《げんか》が勃発しそうな成り行きです。ところが、この御者は違いました。オレは確かにいい気になりすぎてたなあ、と自分を見つめ直したのです。その日以降、彼の態度から得意げなようすは消え去ったとのことです。

こいつは見どころがあるやつだ

晏嬰さんはさすがに立派な政治家、その変化を見逃しませんでした。〝最近、ようすがちょっと変わったね、何かあったのかい？〟と御者に尋ねたのです。

御、以《もっ》テレ実ヲ対《こた》フ。晏子、薦《すす》メテ以テ為スニ大夫ト一。

ここでは、「以」という漢字が二回、使われています。この漢字は、ふつうは「もっ(て)」と訓読みして、続くことばが手段や理由、材料などであることを表します。「以A」だったら「Aを以て」と読み、〝Aによって〟という意味になりますから、英語の前置詞"by"に近いはたらきだと思えばいいでしょう。

一つ目の「以」にはレ点がついていますから、次の「実」を先に読んで、返ってきて「以」を読みます。つまり、前半は、

御《ぎょ》、実《じつ》を以《もっ》て対《こた》ふ。

となります。直訳すれば、〝この御者は真実によって返事をした〟。妻から離婚を切り出されて反省していることを、ありのまま話したんですね。

後半は、「為」に二点が付いているから、「大夫」まで読んだあと、一点の指示に従って「為」に返って読めばいいわけです。

晏子《あんし》、薦《すす》めて以《もっ》て大夫《たいふ》と為《な》す。

「晏子」の「子」は、〝先生〟という意味。その後に出てくる「以」は、「以A」の「A」が省略されている形。つまり、一文字で〝それによって〟という意味ですが、こういう「以」は意味が軽いので、解釈としては〝それで〟〝そして〟くらいで十分です。〝晏先生はこの御者を推薦して、それで〟と先につながっていくことになります。

二種類の「以」についてまとめておくと、次のようになります。

✤「以」の基本的な用法

①「以A」の形で「Aを以《もっ》て」と読み、Aが手段や理由、材料であることを表す。代表的な訳し方は、〝Aによって〟。

②単独で使われた場合は、〝それで〟〝そして〟といった意味合い。

さて、晏嬰さんはこの御者を推薦して、「大夫と為す」というわけですが、「大夫」とは小さいながらも領地を持つ身分。つまり〝下級貴族の一員にした〟わけです。晏嬰さんもなかなか大胆ですよねえ！　きっと、すなおに反省する御者の人柄に、感じるところがあったに違いありません。

残念ながら、その後、この御者夫婦がどうなったかはわかりません。でも、この妻は、夫はもっと出世できると信じていたのでしょう。だからこそ、あんなに厳しいことを言ったのです。それを考えると、時にはまた妻が夫に厳しく意見をしつつも、助け合いながら仲良く添い遂げたのではないでしょうか。

印象的な人間描写

以上は、司馬遷《しばせん》という歴史家が紀元前一世紀の初めごろにまとめた、『史記《しき》』という歴史書に載っているエピソードです。司馬遷がこの話を記録に残したのは、晏嬰というすぐれた政治家の手腕の根底には、人をよく観察し、人間性を見抜く力があったことを示したかったからでしょう。質問された御者がすなおに答えているところからすると、部下とのコミュニケーションを取るのがうまい上司だったことも、想像できますよね。

とはいえ、夫の可能性を信じて、歯に衣着《きぬ》せずに厳しいことを言う妻もなかなか強烈ですし、ついいい気になってしまうけれど、批判には素直に耳を傾ける御者だって、印象的です。短い中で三人それぞれのキャラクターを巧みに描き出した、よくできた物語ではないでしょうか。

「意気揚揚」は、もともとはそういうエピソードの中で、キーポイントとなる人間描写として用いられた表現です。それが読者の印象に強く残ったからこそ、四字熟語として定着していったのでしょう。その証拠に、この四字熟語は、今でも、単に誰かが〝得意になっている〟ようすを表すのではなくて、それをやや批判的に描写する場合によく使われます。小説などで出会ったら、ちょっと気をつけてみてください。〝あんなに得意になってると、ヤバイんじゃないの？〟という書き手の気持ちが込められていることが、多いですから。

晏嬰さんのお抱え御者とその妻の物語は、時空を超えて、現在を生きる私たちにかすかですが確実な影響を与えているのです。

漢文こぼれ話①『史記』と中国の歴史書

歴史書というと、いつ、どこで、誰が、どんなことを、どんなふうにしたという、できごとの羅列のようなイメージがありますよね。中国の歴史書にも、もちろんそういう面もあります。しかし、同時に、歴史の中を生きたさまざまな人々の人間性を伝える印象的なエピソードを、たくさん書き残してくれているのが、中国の歴史書の特色です。

その筆頭が、ここで取り上げた『史記』です。中国では『史記』よりも前からいろいろな歴史書が書かれてきましたが、それらの多くは、年代順に〝できごと〟を書き並べていくスタイルを取っていました。しかし、『史記』は、それとはまったく異なり、「列伝」と呼ばれる個人の伝記を中心にすえています。作者の司馬遷の頭の中には、歴史の主人公は〝できごと〟ではなく〝人間〟なんだ、という考えがあったのかもしれません。

以後の中国では、『史記』のスタイルに倣って多くの歴史書が書き継がれていくことになります。後で取り扱う『後漢書《ごかんじょ》』も、その一つです（一一五頁）。

『史記』から生まれた四字熟語はたくさんありますが、中でも最も有名なのは、〝まわりが敵だらけになる〟ことを意味する「四面楚歌《しめんそか》」でしょう。これは、「楚《そ》」という地方の出身で、一時は中国全土に号令するほど勢いのあった豪傑が、戦いに敗れてある砦に立てこもったとき、「四面、皆、楚歌する」のが聞こえてきた、という場面から生まれた四字熟語。故郷の人々も敵にまわったことを知った彼のショックのほどは、どれほどだったことでしょうか……。

もう一つ、「傍若無人《ぼうじゃくぶじん》」の元ネタも、『史記』に載っている物語です。こちらは、ある武人が居酒屋で酔っ払って、「傍《かたわ》らに人《ひと》無きが若《ごと》し」、つまり〝そばに誰もいないかのように〟歌い散らしていたという話。まったくはた迷惑な振る舞いですが、この武人がその後、命の懸かったミッションに赴いたことを知ると、ちょっと見る目が変わるかもしれません。

2　完璧な名人の意外な弱点——百発百中（戦国策）

「発」とは弓を射ること

さて、漢文訓読の実地訓練の一つ目が終わったわけですが、感想はいかがでしょうか。送り仮名と返り点が付いている漢文を書き下し文にするのは、そんなにたいへんな作業ではない、と実感していただけたのではないでしょうか。

その調子で、二つ目の実地訓練に進みましょう。ただ、今度は少し難易度が上がって、原文には存在しているのに訓読では読まないという、不思議な漢字が登場しますので、楽しみにしていてください。

ここで取り上げるのは、「百発百中《ひゃっぱつひゃくちゅう》」の元になった漢文です。「競馬の予想が百発百中する」といったふうに、これまた、現在でもふつうに使われる四字熟語。一つ一つの漢字を見ると、〝百回、発射して、百回とも命中する〟という意味だとわかります。

〝百回、発射する〟なんていうふうに説明すると、拳銃のすごい達人をイメージするかもしれません。でも、これから取り上げるのは漢文の世界のお話で、時代ははっきりしませんが、おそらくは「意気揚揚」の紀元前六世紀よりもさらに昔のこと。拳銃はおろか、火縄銃だってあるはずもありません。

「発」は、昔の書き方、いわゆる旧字体では「發」と書きます。よく見ると「弓」が含まれていますよね。この漢字の本来の意味は、〝矢を射る〟ことなのです。

〝百回、矢を放って、百回とも的を射抜く〟。そんなものすごい腕前を持った弓の名人は、いったいどんな人物だったのでしょうか。

お湯を注いで待つこと三分

そのお話は、次のように始まります。

楚《ソニ》有《リ》二養由基者《トイフ》一、善《ク》射《ル》。

まず返り点に注意すると、「有」に二点が、「者」に一点が付いています。これは、

「有」はいったん飛ばして先を読んでいって、「者」まで進んでから「有」に返って読みなさい、という指示。書き下し文は次のようになります。

楚《そ》に養由基《ようゆうき》といふ者有《ものあ》り、善《よ》く射《い》る。

この「〇〇に△△といふ者有り」というのは、漢文の物語によく見られる、書き出しの典型的なパターン。「〇〇」には場所が入り、「△△」には主人公の名前が入ります。ここで「〇〇」に入っている「楚」も地名で、紀元前三世紀の後半まで数百年にわたって、中国の南部にあった国です。「△△」に示されているこのお話の主人公の名前は、「養由基」。「養」が姓で、「由基」が名前です。

つまり、〝楚という国に、養由基という人がいた〟という書き出し。そのあとの「善く」は、〝上手に〟という意味。「射る」は、〝矢を射る〟こと。養由基さんは、〝矢を射るのが上手だった〟というわけです。その腕前は、続く一文でかなり具体的に描写されています。

去ル二柳ノ葉ヲ一者《こと》百歩ニシテ而射ルニレ之《これ》ヲ、百発百中ス。

「去」に二点、「葉」に一点が付いていますね。また、「射」にはレ点が付いていますね。それらに従って書き下し文にすると、次のようになります。

柳《やなぎ》の葉《は》を去《さ》る者《こと》百歩《ひゃっぽ》にして之《これ》を射《い》るに、百発百中《ひゃっぱつひゃくちゅう》す。

まず注意しておきたいのは、「者」という漢字を「こと」と読んでいる点。さっきの「養由基といふ者」では、「もの」と読んでいましたよね。その場合は〝〇〇である人〟〝〇〇する人〟といった意味を表す用法で、現代の日本語でもおなじみです。でも、漢文の世界の「者」はもっと対象が広くて、さまざまな〝ものごと〟を表すことができます。中でも、距離や時間、回数などを表す場合には、「こと」と訓読みする習慣があるのです。ここの「者」は、その用法。「柳の葉を去る者」とは〝柳の葉から離れたその距離〟という意味。それが「百歩」だというのですから、〝柳の葉から百歩離れている〟と解釈すればいいわけです。

現在でも、「駅から歩くこと五〇〇メートル」とか、「お湯を注いで待つこと三分」というような言い方をしますよね。「柳の葉を去る者百歩」は、それと同じパターン。逆に言うと、そういう言い回しは、実は漢文訓読のなれのはてなのです。漢文って、意外なところで日本語に影響を与えているんですね。

存在するのに読まない漢字

さて、その「百歩」の次の「而」は、音読みでは「じ」と読むのですが、現代の日本語ではまず見かけない漢字です。でも、漢文ではとてもよく出てきますし、独特のはたらきをしますので、ここできちんと説明しておきましょう。

この漢字、実はさっき示した書き下し文には出てきていません。これが、この節の最初に予告した、原文には存在しているのに訓読では読まない、不思議な漢字なのです。どうしてそんなことになるのでしょうか。

「而」は、ごく軽い意味しか持たない接続詞。日本語にたとえると、「〇〇して△△する」の「て」ぐらいのイメージです。これを省略して「〇〇し△△する」としても、意味はほとんど変わりませんよね。「而」はそれくらい軽い接続詞ですから、たいていの場合は、直前のことばに「て」を付けて読んでおけば、「而」そのものは読む必要がなくなってしまいます。そこで、読まないで済ませてしまうのが、漢文訓読の習慣なのです。

> ✤「而」の用法
> ✩「〇〇して△△する」の「て」に当たるぐらいのごく軽い接続詞なので、読まずに済ませるのが基本。

漢字があるのに読まないなんて、なんだか落ち着かないですよね。漢文訓読とは、昔の中国語の文章をそのままの形で日本語として読んでしまおう、というちょっと強引な方法ですから、時にはこんな不自然なことも起こるのです。こういうふうに、原文にはあるのに漢文訓読では読まずに済ませてしまう漢字のことを、「置き字」と呼ぶことがあります。〝ただそこに置いてあるだけの漢字〟だという意味合いです。

それはともかく、ここの一文の全体を解釈しておくと、〝柳の葉から百歩離れたところから矢を放ち、百回やって百回とも命中した〟となります。柳の葉とは、細長く垂れ下がっていて、いつも風に揺れているもの。その幅といったら、二〜三センチあるかどうか。また、「百歩」の「歩」は、実は一般的な〝歩幅〟のことではなくて、れっきとした距離の単位。具体的な長さは時代によって違うのですが、このお話のころの「百歩」は、だいたい一三〇メートルくらいだったそうです。

日本の弓道の場合、的までの距離が長い「遠的」という種目で、六〇メートル離れたところから直径一メートルの的を狙います。オリンピックのアーチェリー競技だと、的までの距離は七〇メートルで、的の大きさは直径一メートル二二センチ。養由基さんは、それらの倍も離れたところから、ほんの二〜三センチの幅しかなくてしかもゆらゆらしている柳の葉っぱを狙って弓を射て、百回中、一回も外さなかったというのです。超絶なスゴ技の持ち主だったんですね！

だったらあんたがやってみな！

「百発百中」とは、こんなスゴ技から生まれた四字熟語。ただ、この話はそれだけでは終わりません。続く部分を紹介してみましょう。

養由基さんの弓の実演を見た人は、みんな「うまいなあ！」と褒めてくれます。ところが、中にはひねくれ者もいたようで、誰かが「弓を教えてやってもいいな」とつぶやくのが聞こえてきました。それを耳にした養由基さん、上から目線の言い方にカチンと来たのでしょう、その人をつかまえて、「みんなは褒めてくれるのに、あなたはなんと「弓を教えてやってもいい」とおっしゃる。だったら、代わりに矢を射て見せてくださいよ」と詰め寄りました。

するとその人はこんなことを言い始めました。

「私には、右手をああしろとか左手をこうしろといった、技術的な指導はできませんよ。でもね、柳の葉っぱを狙って百発百中という勢いで矢を放ち続けて、適当なところで休憩も取らないでいると、そのうち、集中力が途切れたり、弓が反ったり矢が曲がったりすることもあるでしょうよ」

そうなってしまうと、どんな結果になるでしょうか？

百発百中而《シテ》一発不《ざレバ》レ中《あたラ》、前功尽《キン》矣。

返り点が付いているのは、「不」だけ。この漢字は、文語の打ち消しの助動詞「ず」

を使って読んで、書き下し文ではかな書きにするんでしたよね（三二頁）。そこに気をつけて書き下し文にすると、次のようになります。

百《ひゃっ》発《ぱつ》百《ひゃく》中《ちゅう》して一発中《いっぱつあ》たらざれば、前功尽《ぜんこうつ》きん。

「百発百中」の後の「而」については、さっき説明したばかり。ただ、文脈から見ると、ここでは「〇〇して△△する」の「て」よりも、「〇〇したのに△△する」の「のに」に近い感じです。つまり、「百発百中して一発中たらざれば」は、〝百回狙って百回とも当たっていたのに、一発でも外してしまったら〟という意味。そうなったら、「前功尽きん」、つまりは〝それまでの実績がゼロになる〟と、この人は言っているのです。

だいじなことを言いましたよ！

「前功」とは、〝これまでに成し遂げた功績〟。「尽」は、〝なくなる〟という意味の漢字。ただ、原文ではそのあとに「矣」という見慣れない漢字が書いてありますが、書き下し文では消えています。いったいどうしてなのでしょうか？

「矣」は、音読みで読むと「い」。文の切れ目に置かれて、強い言い切りの口調を表す漢字です。「前功尽」だけだと〝これまでの実績がゼロになる〟ですが、それに「矣」が付け加わると〝これまでの実績がゼロになってしまう〟という意味合い。ただ、この漢字のはたらきを日本語の何か特定のことばに置き換えるのは難しいので、漢文訓読では読まずに済ませてしまうことが多いのです。

これまた「而」と同じく「置き字」だというわけですが、だからといって「矣」の存在を無視していい、というわけではありません。事実はむしろ逆です。強い言い切りの口調を表すのですから、〝今、重要なことを言いましたよ〟ということを示す記号のようなもの。この人は、〝これまで積み上げてきた実績がゼロになってしまいますよ、それでもいいんですか？〟と養由基さんに強く問い返したのです。最後に置かれた「矣」という漢字一文字からは、そういう重みをくみ取るべきでしょう。

サッカーのＰＫや、バスケットボールのフリースローなどに置き換えてみるといいでしょう。時々失敗する人が失敗したときは笑って済ませられますが、いつも成功している人が失敗すると、ダメージが大きいですよね。

だから、ムダに体力を使って失敗の可能性を自分から高めるようなことは、やめておいた方がいいのです。〝ほどよいところで切り上げるのも、名人の心得の一つですよ〟というのが、この人が弓について教えてあげられることだった、というわけです。

外交官たちのたとえ話

以上が「百発百中」の元になったお話なのですが、みなさんはどう感じたでしょうか？　〝なるほど、体力のムダ使いは避けた方が賢明だ〟と納得する人もいるでしょう。逆に、〝一回の失敗を恐れて挑戦をやめるなんて、臆病者のすることだ〟と反発する人もいるかもしれません。

ある文章を読んでどう反応するかは、読者の自由です。漢文や古文を読む時は、特にそうです。何しろ作者はずっと前に天国に召されていますし、何よりも時代の変化が大きいので、正確な解釈を求める方が無理な話だからです。古典は、自由に読んでいいものなのです。

ただ、一つ付け加えておくと、この話は、実はたとえ話なのです。

紀元前三世紀の中国のある国に、連戦連勝、向かうところ敵なしの大活躍をしている将軍がいました。まわりの国々は、次はうちに攻め込んでくるんじゃないかと、心配でしかたありません。そこである人が考え出したのが、その将軍のところに外交官を派遣して、伝説の弓の名人のたとえ話をして〝そろそろ戦争は打ち止めにした方が、あなた様のためですよ〟と説得する、という方法だったのです。

紀元前四〜三世紀の中国は、「戦国時代」といって、いくつもの国が争いをくり広げる乱世でした。おもしろいのは、この時代の中国では、武力に任せた戦争だけではなく、外交官による舌戦も盛んに行われたということ。『戦国策』という書物には、その際に用いられたさまざまな交渉術が記録されています。「百発百中」の元になったお話も、その一つなのです。

〝うちの国には攻め込まないでください〟と要求するのではなく、〝そろそろ戦いをやめた方があなたにとって得策ですよ〟と入れ知恵する。このお話を、そういう説得術の一つとして読んでみると、また新しい発見があるかもしれないですね。

3　血気盛んなおじさん弟子——暴虎馮河（論語）

崇拝する弟子と溺愛する師匠

返り点のしくみをきちんとマスターすれば、訓点付きの漢文を書き下し文にするのは、たいして難しいことではありません。ただ、中には書き下し文ではひらがなにする漢字や、原文にはあるのに訓読では読まずに済ませてしまう漢字もあることには、注意しなくてはなりません。

ここまでに説明してきたことを思いっきり短くまとめると、以上のようになります。それだけわかれば漢文訓読の基本としてはもう十分なので、あとは実地訓練あるのみ。このあたりで、漢文といえば絶対に外せない、『論語』の文章に挑戦してみましょう。

『論語』には、紀元前六世紀の終わりごろに活躍した、孔子という思想家のことばが集められています。ただ、教科書などで紹介されるその内容はというと、〝きちんと勉強しなさい〟とか〝親孝行をしなさい〟とか〝思いやりをもって行動しなさい〟といった、教訓的なものがほとんど。だから、説教臭い書物だ、というイメージを持っている人が多いのではないでしょうか？

確かに、『論語』にはそういう一面があります。しかし、孔子やそのまわりの人たちの言動がリアルに描かれていて、物語的に楽しめる部分も少なくありません。これから読むのもその一つで、「暴虎馮河《ぼうこひょうか》」という、何やらちょっとむずかしそうな四字熟語の元になっているお話です。

孔子は、〝人間、いかに生きるべきか〟という大問題を、真剣に探求した人です。だから、その教えと人柄を慕って集まってくる弟子が、たくさんいました。その一人が、顔回《がんかい》という若者。彼は、学問が大好きで、勉強さえできればどんなに貧しい暮らしでも気にしません。そうして、先生を心の底から崇拝しているのです。孔子も、自分より三〇歳も若いこの弟子を溺愛していて、事あるごとに褒めちぎっていました。

そんな孔子が、ある時、顔回に向かってこんなことを言ったことがありました。

「仕事を任せられたら熱心にやるが、仕事から外されたらあっさりと引き下がる。そういうふうに振る舞えるのは、お前と私だけだろうな」

孔子は思想家であると同時に政治家で、生まれ故郷の国の大臣を務めたこともあります。だから、〝引くべき時に引く〟のは、簡単なようでなかなかできることではないことを、身にしみて知っていたのでしょう。優秀な弟子がたくさんいるとはいっても、孔子の見るところ、それができるのは顔回ぐらいしかいなかったのです。

ところが、このことばを、容易ならざる面持ちで聞いていた男がいました。

嫉妬する元ヤンおじさん

彼の名を、子路《しろ》といいます。孔子より九歳年下だそうですから、顔回よりは二一歳も年上。この時、おそらく顔回は二十代の後半だと思われるので、子路は四十代後半。けっこうなおじさんですよね。

でも、このおじさん、若いころは相当やんちゃだったようで、武勇伝が数知れず。孔子にも暴力を振るおうとしたところ、逆に諭されて弟子入りしたという、変わった経歴の持ち主なのです。

このおじさん、弟子としてはずっと先輩だというプライドがあるので、先生が顔回ばかりを褒めるのが気に入りません。とはいうものの、頭のよさや性格のまじめさではかなわないことは、わかっています。勝てるものは何か？　そう考えると、若いころ、けんかに明け暮れた血が騒ぎ出しました。

――こっちは腕っぷしには自信がある。インテリ野郎なんかに負けはしない。先生、いざ戦場にお供するとなれば、この子路こそが一番の弟子ですぜ！

そう勢い込んだこのおじさん、孔子と顔回の間に割って入って、次のように質問したそうです。

「先生が軍隊を指揮する場合には、弟子の誰を一緒に連れていきますか？」

もちろん、「それはお前だよ」という答えを期待してのこと。でも、返ってきた答えは、子路おじさんにとってはとても意外なものでした。

子曰《いハク》、暴虎馮河、死而《シテ》無《キ》レ悔《イ》者《ハ》、吾《われ》不《ル》レ与《ともニセ》也《なり》。

例によってまずは返り点を確認しておきますと、「無」と「不」のあとにレ点が付いているだけ。それぞれ、すぐ次の漢字を先に読んで、返ってきて「無」「不」を読めばOKです。

子曰《しい》はく、暴虎《ぼうこ》馮河《ひょうか》、死《し》して悔《く》い無《な》き者《もの》は、吾《われ》、与《とも》にせざるなり。

「子曰はく」は、『論語』といえばこのことば、というくらい有名ですよね。「子」は〝先生〟、「曰はく」は〝言うことには〟。「曰」は、〝次の文字から登場人物のセリフが始まりますよ〟ということを示す、記号のような漢字です。

そういうやつと一緒はイヤだね！

さて、孔子のセリフの冒頭、「暴虎」の「暴」は、〝素手で戦う〟という特殊な意味で使われています。つまり、〝虎と素手で戦う〟というのが、「暴虎」の意味。「馮河」は、〝大きな川を歩いて渡る〟こと。「馮」とは〝歩いて渡る〟ことを表します。

人間が武器も持たずに虎に立ち向かっても、まず勝てっこありません。船でないと渡れないような大きな川を歩いて渡ろうというのも、どだい無理な話です。つまり、「暴虎馮河」とは、〝無謀な挑戦〟を意味する四字熟語なのです。

続く「死して悔い無き者（死而無悔者）」は、〝死んだって後悔しない人〟ということ。「而」や「者」については、もう説明済み。気になる人は、五三頁や五一頁を読み直してみてください。

その先の「吾、与にせざるなり」では、「与」に説明が必要でしょう。この漢字、私たちは「あた（える）」と訓読みして使っていますが、漢文では、この意味で使われることはびっくりするぐらいまれです。では、ここではどんな意味なのかというと、何かを〝一緒に行う〟ことを表しているのです。

そういう意味の「与」は、実は、私たちにとっても珍しいものではありません。「不正に関与する」といえば、〝一緒になって不正を行う〟ことですものね。この意味の「与」を訓読みする場合には、漢文では「とも（にす）」と読むのが一般的です。

このように、漢文では、私たちがふつうに思いつくのとは違う意味で漢字が使われることがあります。そこが漢文のむずかしいところですが、でも、それは、漢字について理解を深めるいいチャンスでもあるわけです。

原文の最後の「也」は、文の最後に置かれて、〝〇〇である〟という断定を表す漢字。

「意気揚揚」で出てきましたよね（三九頁）。そこでも触れましたが、「也」のニュアンスを訳に生かすのは、意外とむずかしいものです。ここは会話文ですから、「〇〇だ」「〇〇する」にダメを押す感じで「ね」を付け加えて、「〇〇だね」「〇〇するね」とする感じでしょうか。

そこで、孔子のセリフのここまでをまとめて解釈すると、〝無謀な挑戦をして、死んでも後悔しないような人間とは、私は一緒に行動しないね〟となります。何かあったらすぐにいきり立って、先頭に立って戦おうとする子路のような人間とは、一緒に軍隊の指揮はできない、と孔子は言っているのです。

失敗する可能性を忘れない

では、どんな人物であれば、一緒に軍隊の指揮ができるのでしょうか。

必ズ也ヤ臨ミテレ事ニ而懼《おそ》レ、好ミテレ謀《はかりごと》ヲ而成ス者也ト。

ここも、レ点が二つあるだけですから、書き下し文にするのは簡単です。ただ、上から二番目の「也」は、先ほどの「也」とはちょっと違います。さっきは文のおしまいに置かれていたのに、ここでは文の途中で出てきています。

実は、「也」という漢字の基本的なはたらきは、直前のことばに重みをつけること。それが文末に置かれると、文語の助動詞「なり」に近いニュアンスになるわけです。文の途中に置かれても、基本的には同じです。直前のことばを強調したり、読者にその話題を提示したりするはたらきをします。日本語では文語の助動詞「や」がそれによく似たはたらきをするので、漢文訓読では、文の途中に出てくる「也」を「や」と訓読みするのが基本です。

✤文の途中に出てくる「也」の読み方
☆文中に置かれた「也」は、強調や提示のはたらきをするので、文語の助詞「や」を使って訓読みする。助詞なので、書き下し文ではひらがなにするのがふつう。

以上を理解した上で、書き下し文を作ってみましょう。

必《かなら》ずや事《こと》に臨《のぞ》みて懼《おそ》れ、謀《はかりごと》を好《この》みて成《な》す者《もの》なり、と。

「必ずや」は「必ず」を強調しているわけですから、〝絶対にこうでなくてはならない〟といった意味合い。「事に臨みて」というのは、〝いよいよ実際に何かをする場面になったら〟ということ。「試験に臨む」とは、〝いよいよ実際に試験を受ける場面になる〟という意味ですよね。

その次の「懼」は難しい漢字ですが、「おそ（れる）」と訓読みします。つまり、〝うまくいかないんじゃないか〟と失敗の可能性を考えるのです。

続く「謀を好みて」の「謀」は、現在では「陰謀」とか「謀略」とかいった熟語で使われるので、〝悪いたくらみ〟というイメージがありますが、もともとはそんな腹黒い漢字ではありません。単に〝作戦〟とか〝計画〟のこと。つまり、「謀を好みて」とは〝自分から進んで計画を立てて〟ということ。「成す者」とは、〝それを成功させる者〟という意味です。

最後にまた文末に置かれる「也」が出てきて、孔子のセリフは終わりです。漢文訓読では、セリフの終わりには「と」を付けて終わりをはっきりさせるのが習慣なので、ここでも「成す者なり、と」と読んでいます。

全体を解釈すると、〝（誰かと一緒に軍隊を指揮するとなれば、）それは絶対に、いよいよ実際に何かをする場面になったら、失敗する可能性を考慮に入れて、そうならないようにきちんと計画を立てて成功へと導く、そんな人物だね〟。腕っぷしが自慢でけんかっぱやい子路は、もちろん、そういうタイプではありません。

自分の得意分野に話を持っていて、褒めてもらおうと思った子路おじさんは、先生から〝お前にはその役回りは絶対に無理だよ〟と、手厳しくたしなめられて赤っ恥をかいてしまったのでした。

師匠と弟子の特別な関係

以上が、「暴虎馮河」の由来となった『論語』の一節です。この話からは、〝何かに挑戦する時には、向こう見ずに突き進むのではなく、きちんとプランを立てて取り組むべきだ〟、そんな教訓をくみ取ることができるでしょう。

しかし、私が興味を引かれるのは、孔子と顔回と子路の三人の関係性です。

『論語』を読んでいると、孔子が子路をたしなめている場面が、けっこう目に付きます。子路はおっちょこちょいで、孔子の教えに対する理解が浅いことが多いからそうなりがちなのですが、中には、孔子が病気になったときの対応がよくなかったとか、琴を弾くのがあまりうまくないとか、〝そんなことまで注意しなくてもいいのに〟と感じるような場面もあるのです。

今、読んだ場面でも、孔子が「必ずや」なんてわざわざ強調して言っているあたり、〝子路への当たりがちょっときつくないかなあ〟と心配になるのは私だけでしょうか。

その一方で、『論語』には、子路が孔子に文句を言う場面もあります。上下関係が厳しい時代、弟子が先生に文句を言うなんて、よっぽどのことですよね！

孔子と子路の師弟関係は、孔子と顔回の関係とはまた別の意味で、特別なものだったのです。歳の離れた弟子の前では、孔子さんはいつも〝先生〟でいなければいけません。顔回みたいに、自分を憧れの眼差しで見ている弟子に対しては、なおさらです。それは、けっこう疲れることだったのではないでしょうか。

しかし、長いこと行動を共にしてきた子路が相手ならば、ちょっとぐらい感情的になってもわかってくれる。そんな信頼感があるからこそ、孔子は子路に〝怒られキャラ〟を割り振ってけっこうきつく当たって、子路は子路で時には反発をしながらも、その役割を受け入れていたんじゃないでしょうか。

『論語』は、今から二五〇〇年も前の中国でのできごとを伝える本です。しかし、そこには、憧れとか気疲れとか嫉妬とか信頼とか、現代の日本に生きている私たちとさほど変わらない、人々の感情が描かれているのです。

漢文こぼれ話②『論語』と孔子の教え

本文でも触れましたが、孔子は〝いかに生きるべきか〟を真剣に探求した人です。そして、この大問題に対して彼が出した答えとは、思いっきりわかりやすく言えば、〝社会の中で与えられた役割をきちんと果たせる人間になるべきだ〟というものでした。

「儒教」と呼ばれるそういう考え方は、社会の秩序を維持するのに役立ちます。そこで、中国大陸のみならず、朝鮮半島や日本列島でも大いに推奨され、その文化に圧倒的な影響を与えて来ました。

『論語』では、孔子と弟子たちの対話を通じて、儒教が求めるあるべき人物像が、具体的にわかりやすく述べられています。そのため、『論語』は、〝人生の指針〟を与える書物として、非常に多くの人々に読みつがれてきました。私たちの文化は『論語』を抜きにしては語れない、と言っても過言ではありません。

『論語』に由来する四字熟語として最も有名なのは、「温故知新《おんこちしん》」でしょう。訓読すると、「故《ふる》きを温《あたた》めて新《あたら》しきを知《し》る」。〝過去のことを勉強して新しい知識を得る〟という意味で使われます。

ほかには、「巧言令色《こうげんれいしょく》」も有名です。これは、〝調子のいいことばっかり言う人間には、まごころのある人は少ない〟ことを意味する、「巧言令色、鮮《すくな》し仁《じん》」という孔子のことばから生まれたもの。それと対になるのが、〝意志は強くてものごとに動じないが、飾り気がなくて口下手である〟ことをいう「剛毅木訥《ごうきぼくとつ》」。こちらは、「剛毅木訥、仁に近し」という孔子のことばに由来しています。

ちょっと珍しいものとして、「道聴塗説《どうちょうとせつ》」を挙げておきましょう。訓読すると「道《みち》に聴《き》きて塗《みち》に説《と》く」で、〝道端で聞いたことを、すぐ道端で自分の考えであるかのように言う〟という意味。孔子は、こういう知識の受け売りは「徳《とく》を之《これ》捨《す》つるなり」、つまり〝不道徳この上ない〟と厳しく非難しています。

4 世界をあげると言ったのに……——飲河満腹（荘子）

自信をなくした帝王

さて、ここまで四字熟語の元になった漢文を三つ読んできて、漢文訓読にもだいぶ慣れてきたのではないでしょうか。少なくともレ点と一二点の読み方は、もう大丈夫ですよね！　だったら、基本はマスター済みです。

そこで、この章の最後に、基礎を固めるという意味で、今までとは逆向きの練習をしてみましょう。

送り仮名や返り点といった訓点が付いていない、元のままの漢文のことを、「白文《はくぶん》」といいます。これからやってみるのは、書き下し文を元にして、白文に返り点や送り仮名を付ける練習。題材にするのは、「飲河満腹《いんかまんぷく》」という四字熟語の元になった漢文です。

これまた、聞き慣れない四字熟語ですよね。「飲河」とは、〝大きな川の水を飲む〟こと。その結果、「満腹」になるというわけなのですが、四字熟語としてはいったいどういう意味になるのでしょうか。

このお話の主人公は、尭《ぎょう》という人物。紀元前二千数百年という大昔に、中国に君臨していたとされる帝王です。人格がとてもすぐれていて、この人の下では中国全土が理想的に治まったのだとか。もっとも、現代人の冷めた目で見ると、そんな帝王の実在は疑わしくて、伝説でしかないのですが……。

さて、この尭さんは、非常に謙虚な人物だったそうです。自分の政治に人々が満足してくれているかが気になって、お忍びで町に出かけて人々の意見を聴いて回ったというエピソードも伝わっています。ただ、〝謙虚〟というのは実は扱いにくい心の持ちようで、度が過ぎると〝自信喪失〟につながります。

ご多分に漏れず、尭さんもそんな気分になることがあったようです。何があったのかは知りませんが、ある時、自分よりもすぐれた人間を探し出して、帝王の座を譲りたいと考えたのです。そこで見つけたのが、賢者のほまれ高き、許由《きょゆう》という人物。尭さんは早速、この人に会いにいくことにしました。帝王でありながら自分から出かけていくあたり、ほんとに腰が低いですよねえ！

自分を真剣に見つめ直す

さて、賢者を前にした尭さんは、こんなふうに語りかけました。

「お日さまやお月さまが出ている時には、かがり火なんて焚いてもムダです。雨がきちんと田んぼを潤している時には、用水路なんて必要ありません。あなたみたいな賢者がいるのに、私が帝王の椅子に座っているのも同じことです」

そう考えた尭さんは、次のような結論に達しました。

吾、自視欠然。請、致天下。

これだけを見てどう訓読すればいいかわかったら、たいしたものです。しかし、ふつうはそうは行きません。そこで、書き下し文を示すと次のとおりです。

吾《われ》、自《みずか》ら視《み》るに欠然《けつぜん》たり。請《こ》ふ、天下《てんか》を致《いた》すを。

これで見ると、前半の「吾、自ら視るに欠然たり」は、原文と漢字の順序は同じです。

だから、返り点を打つ必要はありません。後半の「請ふ、天下を致すを」では、「天下」を先に読んでから「致」に返っています。ということは、一二点が必要です。これで返り点は付けられますから、あとは送りがなを書き込んでいけばいいだけです。

吾、自ラ視ルニ欠然タリ。請フ、致スヲ二天下ヲ一。

簡単ですよね。書き下し文がわかっていれば、原文に訓点を付けるのは、むずかしくともなんともありません。テストでも書き下し文の通りに訓点を付けさせる問題がありますが、落ち着いて考えれば、あれは絶対に正解できるのです。

それはともかく、「自ら視るに」とは、〝自分で自分のことを振り返って見ると〟という意味。「視」には、〝注意して見る〟という意味があります。「見力検査」ではなく「視力検査」というのは、そのためです。

次の「欠然たり」というのは、〝欠けている状態である〟ということ。「然」は、ほかの漢字のあとに付いて〝〇〇な状態である〟という意味を表します。「雑然」は〝雑な状態〟、「突然」は〝そこだけ突き出たような、急な状態〟。尭さんは、〝私が自分を振り返ってみるに、世界を治めていく能力に欠けています〟と言っているというわけ。すっかり自信を喪失しているんですね。

そのあとの「請ふ」というのは、文字通りには〝お願いする〟ことですが、ここでは〝どうぞ○○してください〟という意味。英語の〝please〟と同じだと思えば、わかりやすいでしょう。「天下を致す」というのは、文字通りには〝この世界を持っていく〟という意味。「致」は、〝あるところへ移動させる〟という意味の漢字で、「工場を誘致する」といえば、〝工場を連れて来る〟ことです。

私には能力がありませんから、〝どうぞあなたが世界を自分のものにしてください〟。尭さんはそう言って、許由さんに帝王の座を譲ろうとしたのです。

枝が一本あれば十分

帝王とは、この世界で一番えらい人です。やりたいことを何でもできる権力を握っています。そんな地位を〝譲ります〟と言われたら、ふつうは誰だってOKするもの。尭さんだって、まさか断られるとは思っていなかったはずです。

ところが、許由さんはかなりのひねくれ者だったみたいで、このありがたい申し出を素直に受け取ろうとはせず、理屈をこね始めるのです。

「あなたがすでにこの世界をうまく治めているのですから、私が代わると、私は名目上だけの存在になる。名目とは、実質に対するお飾りです。私をお飾りにしようというのですか?」

〝名目〟とか〝実質〟とか、こむつかしい話ですよね。でも大丈夫、許由さんは続いて、わかりやすいたとえを使って、自分の考えを説明してくれます。

鷦鷯巣於深林、不過一枝。

いきなり画数の多い漢字で始まっているから難しそうに見えますが、書き下し文さえあれば、訓点を付けるのは簡単です。

鷦鷯《しょうりょう》は深林《しんりん》に巣《す》くふも、一枝《いっし》に過《す》ぎず。

ただし、今回は、原文には出てきているのに、書き下し文には見当たらない漢字が二つあるので、注意が必要です。その一つ目は、「於」。これは、音読みでは「お」と読む漢字。英語の"at"や"in"と似ていて、場所を表す前置詞だと考えればわかりやすいでしょう。この場合だと、「深林」という場所の前に置かれています。だから、「深林に」と読んでしまえば「於」を読む必要はなくなるので、訓読では読まずに済ませてしまうのです。前に出てきた「而」(五三頁)や「矣」(五六頁)と同様、いわゆる「置き字」です。

✤「於」の用法
☆「於A」の形で、「A」が場所であることを表す。「A」に「に」を付けて読めばそのはたらきを表せるので、「於」そのものは訓読では読まないのがふつう。

それを踏まえて「鷦鷯は深林に巣くふも」を原文と比較すると、「深林に」と読んでから「巣」に返っていますよね。だから、一二点が必要です。

もう一つ、「不」も書き下し文には出てきていませんが、これはもう学習済み。打ち消しの助動詞「ず」を使って訓読して、書き下し文ではかな書きにするんでしたよね。

漢字を読む順番を見ると、すぐ次の「過」を読んでから返ってきていますから、「不」にはレ点が必要です。さらに、「過」を読むのは「一枝」まで読んだあとですから、こちらは一二点を付けなくてはなりません。

というわけで、白文に返り点と送りがなを付けると、次のようになります。

鷦鷯ハ巣クフモ二於深林ニ一、不レ過ギ二一枝ニ一。

「鷦鷯」とは、日本語では「みそさざい」と呼ばれる、スズメよりも小さな鳥。〝ミソサザイは深く広がる林に巣を作るけれど、その巣を作るのに必要なのは、枝一本に過ぎない〟というわけ。広大な林の全部なんて、必要ないのです。

もうこれ以上は飲めないよ……

許由さんは、同じ内容を表現を変えてもう一度くり返しています。

偃鼠飲河、不過満腹。

ここで、ようやく「飲河」と「満腹」の登場です。

偃鼠《えんそ》は河《かわ》を飲《の》むも、満腹《まんぷく》に過《す》ぎず。

「飲」の後にはレ点が必要ですよね。「満腹に過ぎず」は、さっきの「一枝に過ぎず」と同じ構造ですから、同じように一二点を打っておけばOKです。

偃鼠ハ飲ムモレ河ヲ、不レ過ギ二満腹ニ一。

「偃鼠」とは、モグラのこと。〝モグラは大きな川で水を飲むけれど、お腹がいっぱいになったらそれが限度で、それ以上、飲むことはできない〟。だから、大きな川全体をあげると言われても、モグラにとっては意味がないのです。

許由さんも同じです。自分の小さな欲求を満たし、ささやかな暮らしさえ守れれば、それで十分。広い世界全体を手に入れたところで、使い道に困るだけ。尭さんにとっては大きな意味を持つ帝王の座も、許由さんから見ればいっこうに興味をそそるものではないのです。だから、尭さんからのありがたい申し出を、すげなく断ったのでした。

この話が元になって生まれた「飲河満腹」は、〝自分の身の丈に合った暮らしに満足する〟ことを表す四字熟語。私たちが日常的な会話や文章で使うことはまずないでしょうが、知っておいて損はないことばでしょう。

人間は競争が好きです。テストをしたり試合をしたりして、誰が誰よりすぐれているかを決めたがります。それは、別に悪いことではありません。向上心を失った人間は、すぐにだらけてしまうものですから。そうやって常に上を目指して生きていく、それが、尭さんに象徴される生き方です。

でも、広い世の中には、ライバルはいくらでもいます。その中で、自分が他人よりもすぐれていることを証明し続けるのは、たいへんなことです。時には競争に疲れてしまうことも、あるはずです。

そんな時には、大きな川の岸辺で水を飲んでいる、モグラの姿を思い浮かべてみてはいかがでしょうか？　ほんのちょっとの水が飲めれば、それで十分。幸せは、こんなにも身近なところに転がっているのです。それを大切にしようというのが、許由さんが代表している生き方なのです。

今、読んだのは、『荘子《そうし》』という書物に載っているお話です。この書物の特徴の一つは、競争社会から一歩、身を引いて、安らかに暮らす生き方を勧めるところにあります。だから、このお話そのものが勧めているのは、許由さん的な生き方です。

でも、現代に生きる私たちは、それをそのまま受け取る必要はありません。二つの生き方の、どちらがすぐれているというわけではないのですから。

『荘子』の文章を通して私たちが読み取るべきことは、〝世の中には、まったく方向性が異なる二つの生き方がある〟ということでしょう。そのことを胸に刻んでおけば、自分とは違う生き方をしている人を頭ごなしに否定する、なんてことはしなくなります。さらには、世の中には二つだけではなくて、多様な生き方があることもわかってきます。あるいは、自分自身の中で、時にはいろんな価値観を使い分けてもいいんだ、と思えてくるかもしれません。

多様な人々が多様な価値観を持ちながら生きている現代においても、漢文の世界から学べることはたくさんあります。そう思いませんか？

第2章

偉人たちの鋭い一言

1　大事件には前兆がある――一朝一夕（易経）

漢文と英語の共通点

漢文を読めるようになるための基本は、一にも二にも、返り点のしくみを理解して、訓点付きの漢文を書き下し文にできるようにすることにあります。序章と第1章ではそのための練習をかなりしましたので、特にレ点と一二点については、もう大丈夫なのではないかと思います。

そこでこの章からは、少し文法的な観点からの解説をしていきましょう。

漢文は外国語ですから、白文を読めるようになるためには、文法をきちんと理解する必要があります。しかし、訓点付きの漢文を読み味わえるようになるためならば、精密な文法の知識は必ずしも必要ありません。とはいえ、テストでは白文を書き下し文にする問題が出ることがありますし、ある程度の文法的な知識は、持っておくにこしたことはないでしょう。

文法的に見ると、漢文は、英語と似ているところがあります。その代表的な点は、どちらも、動詞の目的語が動詞よりあとに置かれること。返り点とはそこから生まれてきたものだということは、序章でお話をしましたよね。

また、動詞を否定することばの位置も、漢文と英語は同じです。日本語では「私は知らない」のように、否定を表す「ない」は「知る」という動詞の後に置かれます。しかし、英語では"I don't know."のように動詞"know"の前に"don't"を置きますよね。漢文の場合も同じで、これまで何度も出てきたように、否定を表す「不」は、否定されることばの前に置かれます。

つまり、否定を表す漢字には、たいてい返り点が付くのです。直近の例で言えば、「不過満腹（満腹に過ぎず）」の「不」にもレ点が付いていましたよね。このことは、白文に訓点を付ける際には、重要な手がかりになります。

漢文で否定の形を作る漢字は、「不」だけではありません。そこで、ここでは、「一《いっ》朝一夕《ちょういっせき》」という四字熟語の元になった文章を題材にして、否定を表す他の形について見てみましょう。

子孫のために徳を積む

「一朝一夕」は、「練習は続けることが大切で、一朝一夕に成果が出るものではない」というふうに、現在でもよく使われますよね。「一朝」とは〝ある日の朝〟、「一夕」とは〝ある日の夕べ〟。そこから転じて、〝短い期間〟を指します。

この四字熟語は、『易経《えききょう》』と呼ばれる、中国に古くから伝わる占いの本で使われています。「易者」という占い師さんがいますよね。あの占いの大元になっている書物が『易経』なのですが、いつ書かれたのか、詳しいことはわかりません。紀元前八世紀とか一〇世紀といった時代には、少なくともその原型になったものはすでに存在していたのだろう、と言われている、とても古い本なのです。

さて、この本の中から、「一朝一夕」が出てくる部分を読んでみましょう。

積善之《の》家《ニハ》、必《ズ》有《リ》二余慶一。

一二点が一組出てくるだけですから、簡単ですよね。ただ、注意しないといけないのは、「之」という漢字。この漢字は、実は「百発百中」のところで、柳の葉から百歩離れて「之《これ》を射る」と出てきていました。あの場合は〝柳の葉〟を指す代名詞でしたが、「之」には別の用法もあります。その二つをまとめて整理しておきましょう。

✤「之」の代表的な読み方

①これ……直前に出てきた何かを指す指示代名詞。「A之」の形で「之《これ》をAす」と読む。

②の……上のことばが下のことばを修飾する関係を示す。「A之B」の形で、「AのB」と読む。「の」は助詞なので、書き下し文ではひらがなにするのがふつう。

ここの「之」は②の場合で、書き下し文は次のようになります。

積善《せきぜん》の家《いえ》には、必《かなら》ず余《よ》慶《けい》有《あ》り。

「積善」とは、〝善い行いを積み重ねる〟こと。「余慶」は、〝おこぼれのように舞い込んでくる、めでたいこと〟。「慶」は「慶弔」のように使う漢字で、〝めでたいこと〟を指します。つまり、〝善い行いを続けている家には、必ず、めでたいことが舞い込むものだ〟というのです。ここで〝家〟を話題にしている背景には、〝たとえ本人は不幸なまま終わっても、善行を重ねていれば子孫は必ず幸せになれるからムダではないんだよ〟という考え方があります。

悪事は子孫にたたる

続く一文は、白文で示してみることにします。

積不善之家、必有余殃。

直前の「積善之家、必有余慶」とよく似ていますよね。「積不善」は「せきふぜん」と、「余殃」は「よおう」と読めばいいことだけ教えてもらえれば、白文のままでも書き下し文が作れそうな気がしませんか？

積不善《せきふぜん》の家《いえ》には、必《かなら》ず余《よ》殃《おう》有《あ》り。

これに従って、白文に訓点を打つと、次のようになります。

積不善之家ニハ、必ズ有リ二余殃一。

「飲河満腹」のところで出てきた「不過一枝」と「不過満腹」も、よく似たパターンでした（七九〜八一頁）。漢文ではこういうふうに、同じパターンのくり返しがよく使われます。そういう箇所では、今みたいに、自分で書き下し文を考えて白文に訓点を付ける練習ができます。漢文の力を付ける格好の教材になるのです。

ちなみに、ここに出てくる「不」は、返り点を付けないで読む圧倒的少数派の「不」。意味の上では「積不善」を「善からざるを積む」と読んでもいいのですが、それだと「の家」とのつながりが落ち着かなくなるので、三文字をひとまとめにして音読みで読んでいる次第です。

それはそれとして、「殃」とは、〝不幸なできごと〟を意味する漢字。そこで、この一文は〝善くない行いを続けている家には、必ず、不幸なできごとが舞い込むものだ〟という意味になります。

つまり、めでたいできごとにも不幸なできごとにも、そこに至るまでにはそれ相応の積み重ねがある、ということです。そこに目をつければ、これから先にどんなことが起こるか、予測ができるかもしれませんよね！　『易経』が説いている占いは、けっして当てずっぽうではないらしいのです。

世間を驚かせる大事件

さて、「一朝一夕」が使われているのは、この次の一文です。

臣ノ弑《しい》シ二其ノ君ヲ一、子ノ弑スルモ二其ノ父ヲ一、非《あら》ズ二一朝一夕之故ニ一。

臣《しん》の其《そ》の君《きみ》を弑《しい》し、子《こ》の其《そ》の父《ちち》を弑《しい》するも、一朝一夕《いっちょういっせき》の故《ゆえ》に非《あら》ず。

ここは、ことばが少し難しいかもしれませんね。

「臣」は、「大臣」をイメージすると偉い人のように思えますが、本来の意味は〝家来〟です。昔は、大臣だって王さまの家来に過ぎなかったのです。その次の「弑」は、〝立場が上の人を殺す〟ことを意味する、ぶっそうな漢字。というわけで、「臣の其の君を弑し、子の其の父を弑するも」とは、〝家来がその主君を殺したり、子どもがその父親を殺したりするのも〟という意味になります。

さて、ずいぶんお待たせをいたしましたが、その次に出てくる「非」こそが、この節のテーマ、否定の形を作る漢字です。ただ、「不」が〝〇〇しない〟と〝〇〇ではない〟の両方の意味で用いられるのに対して、「非」は〝〇〇ではない〟という意味だけで使われるのが一般的。「不休」は〝休まない〟、「不幸」は〝幸せではない〟という意味なのに対して、「非凡」は〝平凡ではない〟という意味ですよね。

そういう意味を持つ「非」は、漢文では、「あら（ず）」と訓読みします。

✤「非」の用法
☆「非A」の形で「Aに非《あら》ず」と読み、〝Aではない〟という意味を表す。

というわけで、「一朝一夕の故に非ず」とは、〝ある日の朝とか夕べとかいった、短いスパンで起こったことを原因とするものではない〟という意味となります。家来が主君を殺すとか、子どもが親を殺すといった大事件は、突然、勃発して世間を騒がせますが、そこに至るまでにはさまざまなできごとの積み重ねがあったはず。未来を予知するためには、そんな小さなできごとにも気づく、鋭敏な感覚が必要だというのでしょう。

否定の文脈で使う伝統

以上、「一朝一夕」の元になった『易経』の一節を読んでみました。

中国では昔から、祖先崇拝が伝統として受け継がれてきました。子孫は祖先を敬って、その霊をまつり続けます。そうすることによって、逆に祖先の霊が子孫を守ってくれる。そうやって、〝家〟というものが受け継がれていくわけです。そうした信仰は、日本人の伝統的な〝家〟に対する考え方にも、大きな影響を与えています。

「積善の家には必ず余慶有り」ということばは、そういう背景があってこそ重みを持つもの。伝統的な〝家〟はおろか、核家族さえ希薄な存在になっている現在の私たちには、ちょっと理解しがたいかもしれません。この本ではここまで、漢文の世界を現代に引き付けて読んできましたが、そういう読み方にはやはり限界があるのです。

とはいえ、人々を驚かせるような大事件も「一朝一夕」に起こるわけではないという部分は、時代の変化には影響を受けない。永遠の真理ではないでしょうか。このフレーズは、『易経』を読む人の心に昔から強い印象を与えてきました。その証拠に、現在でも「一朝一夕」は、このフレーズの文脈を受け継いで、「一朝一夕には〇〇できない」という否定の文脈でよく使われています。

第一章の「意気揚揚」でも、『史記』での使われ方が現代日本にまで影を落としていました。この「一朝一夕」でも同様に、私たちが今、用いていることばに、漢文が与えている影響を見ることができるのです。

漢文の世界には、「一朝一夕」のような、この世の中の真理を鋭く突いた〝名言〟がたくさんあります。第2章では、そういったいかにも漢文らしい〝名言〟をいくつか、取り上げていきましょう。

2　大成功の落とし穴——金玉満堂（老子）

否定を表す漢字

先ほどの「一朝一夕」では、「非」を用いた否定の形について説明しました。同様に、否定の形を作る漢字には、「無」もあります。

「無」は、「無A」の形で「A無し」と読み、〝Aがない〟という意味を表しますが、現在でも同じ読み方をするので、取り立てて解説するほどではありません。実は「暴虎馮河」のところで「死而無悔者（死して悔い無き者）」という形ですでに出てきているのですが（六三頁）、説明抜きでも意味はわかるので、さらりと通り過ぎてしまいました。

否定の形としては、「不」と「非」と「無」の三つを知っておけば、基本は十分です。ただ、漢文には、「無」のバリエーションと呼べる漢字がいくつかあります。それらは、現在の日本語では「な（い）」と訓読みすることはまずありませんから、注意が必要となります。ここでは、そんな漢字の一つが使われた文章を読んでみることにしましょう。題材にするのは、『老子』という本の一節です。この本は、孔子とほぼ同時代の思想家、老子が著した書物だということになっていますが、この老子という人物については、いつ生まれていつ死んだのか、まったくわかりません。学者によっては、その実在を疑う人もいるくらいです。

孔子とは違って、社会の表舞台に出て活動することなく、ひたすら自分自身と向き合い、人々の生きざまをひっそりと観察しつつその生涯を終えた人物――。『老子』には、そういう思想家ならではの独特な人生観を語ることばが、数多く載せられています。

緑に輝く美しい宝石

これから読むのは、「金玉満堂《きんぎょくまんどう》」という四字熟語のもとになった部分。このことばはあまり有名ではないので、前もって説明しておきましょう。

「玉」というと、「たま」と訓読みするものですから、〝ボールのような形をしたもの〟を思い浮かべがちですが、漢文で出てくるこの漢字は、〝宝石〟という意味。といっても、ダイヤモンドやルビーではなく、現在では「ヒスイ」と呼ばれている、緑色の輝きとすべすべした肌触りが特徴的な石がその中心です。当時、ヒスイはさまざまな宝飾品に加工されて、珍重されていました。

「金玉満堂」の「堂」は、〝立派な建物〟のことで、特に〝お屋敷の中心となる母屋〟を指します。つまり、「金玉満堂」とは、文字通りには〝ゴールドやヒスイといった高価な宝物で、母屋がいっぱいになっている〟という意味。〝財産がたくさんある〟ことのたとえとして使われます。

『老子』では、この四字熟語から始まって、独特の議論が展開されていきます。

金玉満《ツルモ》レ堂《ニ》、莫《ナシ》二之《ヲ》能《ヨク》守《ル》一。

レ点と一二点が付いているだけですから、書き下し文にするのは簡単です。

金玉堂《きんぎょくどう》に満《み》つるも、之《これ》を能《よ》く守《まも》る莫《な》し。

前半の「金玉堂に満つるも」は、〝財産がいっぱいあっても〟ということ。後半の「莫之能守」の部分には、注意すべき漢字が二つ、含まれています。

一つ目は「莫《ばく》」で、「無」とよく似ていて、続く内容の存在を否定するはたらきをする漢字です。「莫大《ばくだい》な財産」のように使われる「莫大」とは、文字通りには〝大きさがない〟こと。つまり、〝どれくらい大きいのかわからない〟ところから、〝とてつもなく大きい〟という意味を表します。そこで、「莫」は、漢文訓読では「な（い）」と訓読みするのがふつうです。

✤「莫」の代表的な用法
☆「莫A」の形で、「A莫《な》し」と読み、〝Aがない〟という意味を表す。

お金持ちならではの悩み

注意すべきもう一つの漢字は、「能」です。これは、「可能」「能力」など、何かが〝できる〟ことを表す漢字。漢文では、続くことばが示す行動が〝できる〟という意味を表す漢字として使われます。英語の可能の助動詞〝can〟と同じはたらきをする、と考えると、わかりやすいでしょう。

そのはたらきを、訓読では「よ（く）」と訓読みして表します。「能く○○する」で〝○○できる〟という意味。現代語でいう〝何回も○○する〟という意味の「よく○○する」とは違いますので、注意してください。

ここでは、否定の「莫」と可能の「能」が一緒に用いられていますので、〝○○できない〟という不可能を表す表現になっています。そこで、「之を能く守る莫し」を解釈すると、〝その宝物を守ることはできない〟となります。

宝物をたくさん持っているという評判が立つと、盗賊に狙われます。そこまで怖い話ではなくても、権力者からしきりに賄賂を要求されたり、急に現れた親戚や友人を名乗る怪しい人物にせびり取られたり……。現代の日本でも、宝くじの高額当選者は、そのことを絶対に口外してはいけないのだとか。あんまり多くの財産を手に入れると、それを守り続けるのは難しいのです。

さて、『老子』の文章は、次のように続きます。

富貴ニシテ而驕《おご》ラバ、自ラ遺《のこ》ス二其ノ咎《とが》ヲ一。

富貴《ふうき》にして驕《おご》らば、自《みずか》ら其《そ》の咎《とが》を遺《のこ》す。

「富貴」とは、〝財産があって地位も高い〟こと。「驕」は、〝他人を見下す〟ことを表す漢字。「咎」は、〝災いの種〟だと解釈すると、わかりやすいでしょう。〝財産も地位も手に入れた人が他人を見下すような態度を取るのは、自分で災いの種をまいているようなものだ〟というわけです。

畳の上で死にたければ……

だったらそんな態度を取らなければいい、と思いますよね。でも、それは案外、難しいことのようですよ。

誰もがうらやむ成功者は、誰からもねたまれるもの。傲慢な態度を取るのはもちろんNGですが、へりくだった態度を取ったら取ったで、それが逆に鼻につくことだってあるでしょう。ちょっとしたボタンの掛け違いで、〝あんなひどい人だとは思わなかった〟と反感を買うことも、あるかもしれません。『老子』のこの一節には、そういう鋭い人間観察がにじみ出ているように思われます。

そこで、結論は次のようになります。

功遂《ゲ》身退《クハ》、天之道《ナリ》。

功遂《こうと》げ身《み》退《しりぞ》くは、天《てん》の道《みち》なり。

「功遂げ」とは、〝成功する〟こと、何かを〝成し遂げる〟こと。「身退く」とは、〝引退する〟〝世間から身を引く〟。「天」とは、わかりやすく言えば〝神〟のことですから、「天の道」とは、〝神の教えに逆らわない生き方〟、少し意訳すれば〝我が身を守って寿命をまっとうできる生き方〟ということでしょう。

誰もがうらやむような成功を手に入れたなら、畳の上で死にたければ、さっさと引退してしまうのが一番賢い。謎の賢者、老子は、私たちにそう語りかけているのです。

このことばに、反発を覚える人もいることでしょう。いったん成功を手に入れたとしても、それに満足することなく、さらなる成功を追い求めるべきだ。そうやって絶え間ない向上心を持つことこそが、人生を充実させるのではないか、と。そう考えると、成功したら引退しろと勧めるのは、社会で成功を収めることがなかった老子のぼやきにも聞こえてきます。

その一方で、若い世代の自由な活動をシニア世代が妨げる、いわゆる〝老害〟は、いつの時代にもあります。そういう障害にぶち当たったときには、「功遂げ身退くは天の道なり」と叫びたくなることもあるでしょう。

老子は、誰もが無条件に共感するようなことは言いません。老子のことばは、いつも、社会の真実のある一面を拡大して見せてくれます。そのために、私たちはいろいろなことを考えさせられます。『老子』の魅力は、そこにあるのです。

漢文こぼれ話③　老子と荘子の思想

ここで取り上げた『老子』と、第1章の4で紹介した『荘子』に記された考え方は、合わせて「老荘思想」と呼ばれます。それぞれの著者とされる老子と荘子の間に直接の師弟関係があったわけではありませんが、老子の考えを発展させたのが荘子だと位置付けられるからです。

老荘思想は、『論語』に代表される儒教とは、ある意味で非常に対照的です。儒教が積極的に社会に参加することを良しとするのに対して、老荘思想は、社会よりも個人を重視して、時には社会から身を引くことも辞さないからです。しかし、実際には、この両者はお互いに補い合うもので、中国や朝鮮半島や日本の人々は、社会を重視すべき時には儒教の教えに、個人を大切にしたい時には老荘思想に頼りながら生きてきたのだ、といえるでしょう。

『老子』に由来する四字熟語としては、何と言っても「大器《たいき》晩成《ばんせい》」が有名です。〝大きな器はできあがるまでに時間がかかる〟という意味ですが、原文に即して言えば、〝未完成のものほど偉大である〟という、常識の逆を突く名言となっています。

「寸進尺退《すんしんしゃくたい》」という四字熟語もあります。これは、〝一寸進んで一尺退く〟という意味。「寸」「尺」は昔の長さの単位で、「尺」は「寸」の一〇倍ですから、このままだと、どんどん後ろに下がってしまいます。でも、人生において〝引く〟ことも大切なのは、言うまでもないでしょう。

『荘子』に由来する四字熟語の例としては、あとでもう一度、紹介する機会がありますので（一五二頁）、ここでは「蝸牛角上《かぎゅうかくじょう》」だけを挙げておきましょう。「蝸牛」とは、〝かたつむり〟のこと。この世を騒がせる大国同士の戦争も、はるか宇宙のかなたから見れば〝かたつむりの角の上で争っている〟ようなものだ、というところから、「蝸牛角上の争い」の形で、〝ちっぽけな争い〟のたとえとして使われます。老荘思想の立場から見ると、現実社会なんて、その程度のものでしかないのです。

3　うまい話にはご用心――朝三暮四（列子）

漢文の疑問文の作り方

この章の1と2では、主に否定の形に着目して漢文を読みましたので、ここでは目先を変えて、疑問の形を取り上げてみましょう。

英語の場合、"You speak Japanese."に対して"Do you speak Japanese?"という具合に、助動詞を主語の前に置くのが、疑問文の基本的な形です。しかし、日本語ではそんなめんどうな作業は必要ありません。「あなたは日本語を話します」を疑問文にするため必要なのは、最後に「か」をくっつけるだけ。「あなたは日本語を話しますか」とすれば、立派な疑問文のできあがりです。

漢文でも同じです。疑問文を作るはたらきをする漢字を文の最後にくっつけるだけで、立派な疑問文ができあがります。

これまでに説明してきたように、漢文と英語には文法的に似たところがあります。たとえば、目的語が動詞のあとに置かれたり、否定詞が否定されることばの前に置かれたり。その一方で、漢文には、日本語と似ている部分もあるのです。

それでは、早速、実例にあたってみましょう。取り上げるのは、「朝三暮四《ちょうさんぼし》」という四字熟語の由来となった文章。その筋ではけっこう有名で、高校の教科書に載っていることもあるくらいですから、どこかで読んだことがある方もいらっしゃるかもしれません。そのお話は、こんな感じで始まります。

――昔むかし、あるところに、サルが大好きで、たくさんのサルを飼っている人がいました。サルの方も飼い主になついていて、お互いに気持が通じ合っていました。この人は、家族の食べ物を減らしてまでサルの食欲を満たしてやるほどに、サルたちを溺愛していたのです。

ところが、ある時、彼らを悲劇が襲います。天候不順の影響か、はたまた経済危機のとばっちりか、この飼い主さんは急に家計が苦しくなってしまい、サルたちのえさを減らさざるを得なくなってしまったのです。

ごはんの量を減らします

人間は、経済的な余裕を失うと、良識まで失ってしまうことがあります。この飼い主さんの場合もそうで、えさを減らすと嫌われるのではないか、と心配するあまり、なんとかサルたちをだまくらかそうと考えたのです。そして、次のような提案をしました。

与フルニ二若《なんじ》ニ芧《しょ》ヲ一、朝ニ三ニシテ而暮レニ四ニス。足ル乎《か》。

若《なんじ》に芧《しょ》を与《あた》ふるに、朝《あした》に三《さん》にして暮《く》れに四《よん》にす。足《た》るか。

最初の「与」には漢文独特の用法があることについては、「暴虎馮河」のところで説明しましたが（六五頁）、ここは、ふつうに〝あたえる〟という意味で使われている例です。次の「若」は、ここでは二人称の代名詞。単数でも複数でも同じ形で、「なんじ」と訓読みします。その次の「芧」は、〝木の実〟を表す漢字。このサルたちは木の実をえさとしていたようです。

「若に芧を与ふるに」は、〝君たちに木の実を与えるのに〟という意味。続く「朝に三にして暮れに四にす」とは、〝朝ごはんは三粒で夕ごはんは四粒にする〟ということ。これ以前は、朝晩、木の実を五粒ずつというようなメニューだったのでしょう。

さて、そのあとの「足乎」の「乎」は、音読みでは「こ」と読む漢字ですが、これが、疑問の形を作る漢字。「足」だけであれば〝足りる〟という意味ですが、それに「乎」を付けると、〝足りますか?〟という疑問文になります。そこで、日本語で同じはたらきをする助詞「か」を使って訓読みをするわけです。めちゃくちゃ簡単ですよね!

✤疑問を表す「乎」の基本的な用法

✩文の末尾に置かれ、〝○○であるか〟〝○○するか〟といった疑問文を作るはたらきをする。疑問の助詞「か」を使って訓読みし、書き下し文ではひらがなにするのが一般的。

というわけで、飼い主さんの提案を少し意訳しつつ改めて解釈しておくと、〝君たちに与える木の実の数を、朝ごはんの時には三粒、夕ごはんの時には四粒とします。それで足りますか？〟となります。

猛反発を受けて再提案

そう言われたサルたちは、どんな反応をしたのでしょうか。

衆狙皆起而怒。

衆狙皆起《しゅうそみなた》ちて怒《いか》る。

「衆」は、「大衆」「民衆」のように使われる、〝たくさんの人々〟を表す漢字。「狙」は、一般的には「ねら（う）」と訓読みする漢字ですが、ここでは〝サル〟のこと。厳密に言うと、「狙」は〝テナガザル〟で「猿」は〝オナガザル〟なのだとか。「起」は〝立ち上がる〟という意味なので、ここでは「た（つ）」と訓読みしています。

つまり、〝大勢のサルたちは、みんな立ち上がって怒り出した〟というわけ。毎日の食事を減らされるというのですから、もっともな反応でしょう。そこで、愛するサルたちをだまくらかそうと考えている飼い主さんは、新たな方針を打ち出します。

与若芧、朝四而暮三。足乎。

白文で示してみましたが、さっき出てきたのとほとんど同じですよね。漢文では同じパターンのくり返しがよく出てくると申し上げましたが、ここはその最たる例で、「四」と「三」が入れ替わっているだけ。となれば、さっきの文と同じように送り仮名と返り点を付けて、同じように書き下し文を作ればいいだけです。

与《フルニ》二若《ニ》芧《ヲ》一、朝《ニ》四《ニシテ》而暮《レニ》三《ニス》。足《ル》乎。

若《なんじ》に芧《しょ》を与《あた》ふるに、朝《あした》に四《よん》にして暮《く》れに三《さん》にす。足《た》るか。

意味も同様で、〝君たちに与える木の実の数を、朝ごはんの時には四粒、夕ごはんの時には三粒とします。それで足りますか?〟となります。

愚か者たちはだまされる

最初の提案は、木の実を朝ごはんに三個、夕ごはんに四個。修正案は、朝ごはんに四個、夕ごはんに三個。一日の量にはまったく違いはありません。ところが、サルたちの今度の反応はといいますと……。

衆狙皆伏《シテ》而喜《ブ》。

これまた、先ほど見たのと二文字違うだけ。書き下し文は、次の通りです。

衆狙《しゅうそ》皆《みな》伏《ふ》して喜《よろこ》ぶ。

〝大勢のサルたちはみんなひれ伏して感謝した〟という次第。どうしてそんなことになったかというと、それは朝ごはんが一粒増えたから。人間のずる賢さに、サルたちはまんまとだまされてしまったのでした。

ここから、「朝三暮四」という四字熟語は、〝小手先の変化で相手をだまそうとする〟という意味で使われています。

以上は、『列子《れっし》』という本に載っているお話。この本は、いつ、どんな人の手によってできあがったのか、よくわからないのですが、『老子』や『荘子』の流れを引く書物だと位置付けられています。「朝三暮四」の場合だと、このあとには〝頭のいい人たちがそうでない人々をだまくらかすのも、同じようなものだ〟といった内容の文章が続きます。われわれ庶民は、このサルみたいに小手先でだまされないように、十分、注意しないといけない。──それが、このお話が語っている教訓だというわけです。

老荘思想は、基本的に、地位や財産や教養があって社会をリードする人々の側にではなく、リードされる庶民の側に立って、社会を批判します。「飲河満腹」の元になった『荘子』の一節で、許由という賢者が帝王の位をあっさりと拒絶したのも、そういう背景があってのことです。「朝三暮四」のお話にも、老荘思想のその性格がよく現れているといえるでしょう。

ほんとはけっこう賢いんだよ

ただ、それはそれとして、「朝三暮四」を純粋にお話として見た場合、私は、素朴な疑問を抱かざるをえません。それは、〝おサルさんたちって、そこまでおバカさんかなあ？〟という疑問です。

最初の方で触れたように、『列子』には、このおサルさんたちは飼い主と心が通じ合っていた、とも書いてあります。だとすれば、飼い主が食糧に困って、自分たちのえさを減らそうとしていることぐらい、感じ取っていたはず。おサルさんたちは、実は飼い主にだまされたふりをした、という可能性はないでしょうか。

いつもお世話をしてくれているやさしい飼い主さんが、急に貧乏になって、柄にもなく何やら妙な策略をしかけてきた。見え見えだけど、かわいそうだからここはだまされたふりをしてあげましょう……。

こういう解釈を、社会をリードする側とされる側の話に置き換えると、庶民は政治家や経営者にだまされているのではなくて、だまされたふりをしてあげているということになります。おサルさんたちも、庶民も、そうそうおバカさんではないのです。それはそれで、なかなか痛烈な社会批判ですよねえ！

以上は、私の勝手な解釈です。ただ、「朝三暮四」という四字熟語を知っているだけでは、こういう解釈は出てきません。元になった漢文を読んで初めて、自分なりの解釈が可能となるのです。漢文を読むって、たのしいでしょう？

4　つらい仕事だからこそ……——盤根錯節（後漢書）

下り坂に入った王朝

前節で見たように、漢文では、「乎」という漢字を文の最後に付けるだけで、簡単に疑問文ができてしまいます。実は、この「乎」と同じはたらきをする漢字はほかにもいくつかあるのですが、ここではそれは置いておきます。その代わり、次は、英語の“who”や“when”や“what”、日本語の「だれ」「いつ」「なに」などに当たる、疑問詞を用いた疑問文について見てみることにいたしましょう。

題材とするのは、「盤根錯節《ばんこんさくせつ》」という四字熟語の元になった一節。「盤根」とは〝ぐるぐる巻きになった木の根〟。「錯節」は〝絡まり合っている木の節〟。合わせて、文字通りには〝複雑に絡みあって伸びている樹木〟を表します。現在ではあまり耳にしないでしょうが、字面も響きも重厚で、いかにも四字熟語らしい印象を与えることばです。

これから読むのは、『後漢書《ごかんじょ》』という歴史書の一節。この本は、その名の通り、紀元後の一世紀の初めから約二〇〇年間にわたって中国を支配していた、「後漢」という王朝の歴史を記録した書物です。

世界じゅうのどこでもそうですが、王朝というものは、初めは強い力を誇っているものの、やがてその支配は緩み始め、だんだんと滅亡に向かっていきます。後漢王朝も同様で、成立から一〇〇年ほどが過ぎた二世紀の初めになると、異民族の侵入に悩まされたり、あちこちで起こる反乱の鎮圧に追われたりするようになりました。

その一つが、現在の河南省内にあたる「朝歌《ちょうか》」という町で起こった反乱。数千人もの無法者たちが町の長官を殺し、数年にわたって町政を乗っ取ってしまったのです。

なすすべのない政府側

それ対して、政府はどう対応したかというと……。

州郡不レ能《あた》ハレ禁ズル、乃《すなわ》チ以テレ詡《く》ヲ為ス二朝歌ノ長ト一。

二文字続けてレ点が付いているのは、これまでにはなかったちょっと新しい形ですね。でも、慌てなくても大丈夫。「不」のレ点に従って「能」を先に読もうとするとそこにもレ点が付いているわけですから、その次の「禁」から読み始めて、「能」「不」と返っていけばいいだけです。

州郡禁《しゅうぐんきん》ずる能《あた》はず、乃《すなわ》ち詡《く》を以《もっ》て朝歌《ちょうか》の長《ちょう》と為《な》す。

最初に出てくる「州」と「郡」は、どちらも当時の行政区画。「州」の方が大きく、その中に「郡」がいくつかあり、さらにその中にいくつか町があるという関係です。ここでは、朝歌という町がある〝郡や州〟ということです。

その次に「不能」が出てくるわけですが、これは、「金玉満堂」で出てきた可能を表す「能」(九九頁)の前に「不」を置いて、それを否定している形。〝〇〇できない〟という不可能の意味を表します。ただ、注意しないといけないのは、「能」は単独で出てくると「能《よ》く」と読みますが、「不能」の形になると「能《あた》はず」と読む点。「能《よ》く〇〇せず」と読んでもよさそうだし、その方が初心者にはわかりやすいのですが、こう読むのが漢文訓読での習慣となっています。文句を言わず、従っておきましょう。

❖可能を表す「能」の読み方

①「能A」の形で「能《よ》くAす」と読み、〝Aできる〟という意味を表す。

②「不能A」の形の場合には、「Aする能《あた》はず」と読み、〝Aできない〟という意味を表す。

ここでは、「州郡禁ずる能はず」というわけですから、朝歌という町で起こった反乱を、〝州や郡も鎮圧することができなかった〟のです。

歯に衣着せない苦労人

その次に出てくる「乃」は、「すなわ（ち）」と訓読みする漢字。前に述べたことがらのあとに、ちょっとした事情や感情の揺れを挟んでから、次に述べることがらへと続けていく場合に使われます。訳し方はいろいろですが、ここでは、反乱を鎮圧できないで困っているわけですから、その対処法がいろいろ検討された結果、〝やっとのことで〟

という感じなのでしょう。

やっとのことでなされた決定は、「諛を以て朝歌の長と為す」。「諛」は、「虞諛《ぐく》」という人名です。その前に付いている「以」は、「意気揚揚」のところで出てきましたが（四三頁）、手段や理由、材料などを表すはたらきをする漢字。英語の前置詞"by"に近いイメージでしたよね。そこで、この部分を直訳すれば、〝虞諛という人を材料にして朝歌の長官にする〟となりますが、要は〝虞諛を朝歌の長官にした〟のです。

さて、この虞諛という人物、おじいさんが地方官をしていたといいますから、それなりの家柄の生まれですが、幼いころに両親をなくし、おばあさんと二人で支え合いながら暮らしてきたという苦労人。生まれ年の記録がないので、この時、何歳だったかはわかりませんが、まだかなり若かったものと思われます。

この人、ものおじしない性格の持ち主で、この直前には、時の宮廷を牛耳っていたある大臣の政策に対して、真っ向から反対意見を述べたこともありました。その結果、周囲からは称賛を得たものの、当の大臣からは嫌われてしまったのだとか。何年も反乱軍に支配されている危険な町に〝長官として赴任せよ〟というのは、実は、その大臣による嫌がらせの人事だったのです。

それが拙者の仕事でござる

この人事が発表されると、虞詡のところには友人たちが慰めにやってきました。しかし、そんな友人たちに向かって、彼は涼しい顔でこう言ったそうです。

志ハ不レ求メレ易キヲ、事ハ不ルハレ避ケレ難キヲ、臣之職也。

「志不求易」と「事不避難」は、ちょっとしたくり返し表現。二文字続けてのレ点もくり返し出てくるので、いい練習になります。最後の「也」はしばらくぶりの登場ですが、書き下し文ではひらがなにすることを忘れないでください。

志《こころざし》は易《やす》きを求《もと》めず、事《こと》は難《かた》きを避《さ》けざるは、臣《しん》の職《しょく》なり。

「易」は、ここでは「平易」「容易」などの「易」で、〝簡単な〟という意味。「事」は、〝気持ち〟を表す「志」とペアになっていますから、〝行動〟と解釈するのがいいでしょう。くり返し表現に着目すると、こういう部分の解釈がしやすくなります。「難」は、

「かた（き）」と読んでいますが、「むずか（しき）」と読んでもかまいません。
というわけで、「志は易きを求めず、事は難きを避けざるは」までは、〝気持ちの上では簡単なことは求めず、実際の行動の上では難しいことだって避けはしないのは〟という意味。それが「臣の職なり」というのですが、「臣」は、ここでは、君主に仕える立場の人が、自分を指して用いる一人称代名詞。時代劇風に訳せば〝拙者〟という雰囲気です。つまり、虞詡さんは、〝楽な仕事がいいなあとは思わず、たいへんな任務も避けずに取り組むのが、拙者の仕事でござる〟と言っているのです。

人の能力を見極めるには

そうして彼は、さらに続けて次のような名言を言い放ちます。

不レバレ遇《あ》ハ二槃根錯節一ニ、何ヲ以テ別《わか》タン二利器一ヲ乎《や》。

ここで「盤根錯節」の登場なのですが、ご覧の通り、『後漢書』の原文では「盤」ではなく「槃」が使われています。辞書的に厳密に言うと、この二つは意味が異なる別の漢字なのですが、昔の人はそのあたりはアバウトで、部首だけが違う漢字をお互いに融通させて使うことがよくあります。ここもその例で、「槃根錯節」は「盤根錯節」と同じです。

槃根錯節《ばんこんさくせつ》に遇《あ》はざれば、何《なに》を以《もっ》て利器《りき》を別《わか》たんや。

「遇」は、「遭遇」という熟語で使う漢字で、〝出会う〟という意味。その前に置かれた否定の「不」は、ここでは文脈上、〝○○しなかったら〟という意味になっているので、「ざ（れば）」と読んでいます。そこで、「盤根錯節に遇はざれば」を解釈すると、〝複雑に絡まり合って伸びている樹木に出会わなかったら〟となります。

その後に続く部分に、ようやく疑問詞を用いた疑問文が出てきます。「何」は、言うまでもなく〝どのようなものか〟を問う疑問詞。その次の「以」は方法を表す漢字ですから、「何を以て」で〝どのような方法で〟という意味となります。「以」は前置詞なのに「何」の方が前に置かれているのは、英語の“what”と同じで、疑問詞の「何」は基本的に疑問文の最初に置かれるからです。

「利器を別たんや」の「利器」は、〝鋭利な道具〟。「別」は、〝区別する〟こと。最後の

「や」は、前節で出てきた疑問文を作るはたらきをする「乎」(一〇九頁)を訓読したものなのですが、どうして「か」ではなく「や」と読んでいるのかについては、ちょっと説明をしなくてはなりません。

疑問の気持ちが強調されると…

でもその前に、以上を踏まえて「何を以て利器を別たんや」を直訳しておくと、〝どのような方法で鋭利な道具を区別するのか〟となります。もちろんこれはもののたとえで、「槃根錯節」は〝解決が難しい仕事〟、「利器」は〝有能な人材〟のこと。〝困難な仕事に取り組ませてみるのでなければ、どうやって有能な人をそうでない人と区別するのか〟と虞詡さんは述べているのです。

ここで虞詡さんは、ことばの上では〝どうやって区別するのか〟と言っていますが、心では明らかに〝区別できない〟と思っています。このように、ことば面では〝○○ですか〟という疑問の形を取っているけれど、実は〝そうではない〟と言いたいというような表現を、「反語《はんご》」といいます。

反語とは、〝○○ですか〟と問う疑問の気持ちが強くなった結果、自分で自分に〝そうではない〟と答えてしまう表現です。そのため、疑問と反語は見た目は変わらないことが多いので、そのどちらであるかは文脈から判断するしかありません。

それは、日本語でも同じです。「遊びに行ってはいけませんか？」という文は、穏やかに言うと単に〝いいか、悪いか〟を質問する疑問文ですが、強い口調で言うと〝遊びに行ってもいいですよね！〟という反語になりますよね。

漢文訓読では、「乎」が反語を表す場合には、文語で反語を表すことの多い助詞「や」を使って訓読みするのが基本です。先ほど、「何を以て利器を別たんや」と読んだのはそのためですが、ただ、この使い分けはけっこうアバウトで、反語なのに「か」と読むこともあります。疑問と反語は地続きですから、当然といえば当然のこと。あまりこだわらないでもいいでしょう。

✤反語を表す「乎」の用法

✩文の末尾に置かれ、〝○○であるか、いやそうではない〟〝○○するか、いやしない〟といった反語を表す。反語を表す助詞「や」を使って訓読みするが、書き下し文ではひらがなにするのが一般的。また、「か」と訓読みすることもある。

自分の力を証明するには？

文法的なお話はこれくらいにして、『後漢書』の文章に戻りましょう。

危険な町に長官として送り込まれるという嫌がらせの人事も、虞詡さんにとっては、むしろいい腕試しだと感じられたようです。なにしろ、楽な仕事がしたいわけではないし、厄介な仕事でも避けることがない人物です。こういう困難な任務を引き受けてこそ、自分の能力の高さを証明できると考えたのでしょう。

実際、彼は朝歌の町に着任すると、無法者たちの一部をうまい具合に手なずけ、反乱を鎮圧してしまいます。そして、これを皮切りに次々と業績を挙げ、最終的には大臣の位にまで上り詰めたと伝えられています。

そんな彼が、その出世街道の入口で放った「槃根錯節に遇はざれば、何を以て利器を別たんや」ということばは、まさに自信に満ち溢《あふ》れた名言だといえるでしょう。まだ若いのに、〝危険な任務をやり遂げて能力の高さを証明してみせる！〟と思えるというのは、たいした自信の持ち主ですよね。

でも、虞翻さんは、本当にそんな自信の持ち主だったのでしょうか？　自信がないからこそ、〝この危険な任務をやり遂げられたら、自分の能力を証明できるんだ！〟と自分に言い聞かせていたという可能性はないでしょうか？

たいへんな困難に直面すると、誰だって自信なんてなくしてしまうものです。それを乗り越えられるかどうかは、いかに自分を勇気づけられるかに懸かっています。古来、多くの人がそういう経験をしてきたからこそ、〝解決するのが難しい問題〟を意味する「盤根錯節」という四字熟語が、共感を持って伝えられてきたのではないでしょうか。

四字熟語の中には、同じような経験をしてきたあまたの人々の思いが、込められているのです。

第3章

それぞれの責任のとり方

1　フリーランスの政治家――余裕綽綽（孟子）

英語でも日本語でもない言語

前章では、少しばかり文法的な観点から、漢文の世界を眺めてみました。具体的には、「不」「無」そして「莫」を用いた否定の形や、「乎」や「何」を用いた疑問の形について説明し、さらには、疑問が強くなると反語になることや、「能」を用いて可能を表す形についても、取り上げました。

漢文では、否定を表す漢字が否定される漢字の前に置かれる点は、英語に似ています。「乎」を文末に付けるだけで疑問文になる点は日本語に似ていますが、疑問詞の「何」が文頭に置かれるところは、英語と同じです。こういうふうに、文法的なことがらのそれぞれに、英語と似ている部分があったり日本語と似ている部分があったりすることは、実はとても重要です。

私たちは、今や世界標準の言語と言っていい英語と比較して、日本語を特殊な言語だと考えてしまうことがあります。しかし、そこに漢文＝中国語を置いてみると、英語や日本語が相対化されて見えてきます。日本語と英語だけではない、第三の視点を獲得する。――漢文を学習する意義は、そんなところにもあるのです。

さて、第3章では、こういった文法的なことがらを、さらにいくつか、取り上げてみることにしましょう。と同時に、レ点と一二点にはもうすっかり慣れたかと思いますので、それよりもちょっと高度な返り点が出てくる文章を扱います。とはいえ、心配する必要はありません。序章で申し上げたように、返り点については、レ点と一二点さえマスターできていれば、あとはすべてそのバリエーションに過ぎないのですから。

孟子派VS反孟子派

さて、斉《せい》という国のことを、覚えているでしょうか？「意気揚揚」に出てきた、晏《あん》嬰《えい》さんが総理大臣を務めていた国です。あのお話は紀元前六世紀のことでしたが、その後、この国では、紀元前四世紀の初めに、家臣が主君を追放して国を乗っ取ってしまうという大事件が起こります。ところが、それでも国力は衰えることなく、紀元前四世紀の終わりごろには、宣王《せんおう》という王のもと、中国の東部を代表する大国として国威をとどろかせることとなりました。

宣王が即位したばかりのころ、その宮廷へとやってきた有名な論客がいました。その名は、孟子《もうし》。孔子の流れを汲む、儒教の思想家です。彼は、道徳を根幹とする政治によって理想の王国を実現しようと、野心を抱いてこの大国へとやってきたのです。

孟子は、自信に満ちた弁舌で、宣王の心をつかみます。そして、〝政治顧問〟として王から相談を受けるようになります。しかし、彼は、斉のすぐ近くの鄒《すう》という小国の出身。王のまわりには、外国人が政治的な影響力を持つのを快く思わない人たちもいました。彼らは、〝孟子が何かミスをしでかしたら、批判の的にしてやろう〟と考えて、そのチャンスをうかがっていたのです。

その一方で、斉の貴族たちの中には、孟子と親交を結ぶ者もいました。あるとき、孟子は、その一人で王に意見を言える役職に就いている人に、もっと積極的に王に意見をするように勧めました。その人は孟子の助言に従いました。ところが、王はその意見を聞き入れようとせず、彼は辞職することになってしまったのです。
反孟子派は、これに飛びつきました。〝あの貴族は孟子の助言に従ったために辞職したのだから、孟子だって責任を取るべきではないかねえ〟と、半ば公然と陰口をたたきあったのです。現代に置き換えると、そんな意見をあちこちのSNSに書き込んだ、といったところ。批判の声は、当然、孟子の耳にも入ることになりました。

もしも職務を果たせなかったら……

その声に対して、孟子はどう反応したのでしょうか。その答えに当たる部分を読んでみましょう。

有ル二官守一者ハ、不レバレ得二其ノ職ヲ一則《すなわ》チ去ル。

官守《かんしゅ》有《あ》る者《もの》は、其《そ》の職《しょく》を得《え》ざれば則《すなわ》ち去《さ》る。

「官守」とは、〝官僚として守るべき仕事〟といった意味合い。「職」は〝果たすべき職務〟。そこで、「官守有る者は、其の職を得ざれば」までは、〝官僚として守るべき仕事がある人は、もしその職務をきちんと果たせなかったならば〟という意味となります。

その次の「則」は、「すなわ（ち）」と読む接続詞。ここで思い出していただきたいのは、「盤根錯節」に出てきた「乃」。あれも、「すなわ（ち）」と訓読みしましたよね（一一八頁）。漢文には「すなわ（ち）」と訓読みする漢字がたくさんあって、それぞれ微妙に意味は異なります。

「則」は、「法則」「規則」の「則」ですから、前に述べた内容を条件として、〝決まりごと〟であるかのように次に述べる結果が続く場合に用いられるのが基本です。前に述べた内容は条件になるわけですから、訓読する際には「〇〇すれば則ち△△す」と読み、〝〇〇すれば△△することになる〟と解釈するのが一般的です。

ここでは、「其の職を得ざれば則ち去る」ですから、〝その職務をきちんと果たせなかったならば、その地位を去ることになる〟という意味。もっと強く、〝その地位を去らねばならない〟と解釈してもよいでしょう。


もしも意見が受け入れられなかったら……

続いて孟子は、次のように述べます。

有言責者、不得其言則去。

白文で示してみたのは、先ほどの文と構造が全く同じだから。前半の「官守」が「言責」に、後半の「職」が「言」に置き換わっているだけです。これもまた、漢文の世界で大いに好まれている〝くり返し表現〟ですから、先ほどの文と同じように読めばいいのです。書き下し文から先に示すと、

言責《げんせき》有《あ》る者《もの》は、其《そ》の言《げん》を得《え》ざれば則《すなわ》ち去《さ》る。

となります。どうですか、ちょっと白文が読めるようになってきたような気がしますよね？　もちろんそれは「気がする」だけなのですが、そういう成功体験は、大切です。

この書き下し文の通りに読めるように、返り点と送り仮名を付けてみましょう。

有ル二言責一者ハ、不レ得レバ二其ノ言ヲ一則チ去ル。

「言責」とは〝王に対して意見を述べる責任〟。「其の言を得ざれば」というのはちょっ

と意味を取りにくいかもしれませんが、先ほどは〝きちんと職務を果たせない〟ことについて述べていたわけですから、今度は〝きちんと意見を受け止めてもらえない〟ということなのでしょう。全体を解釈すると、〝王に対して意見を述べる責任がある人は、もしその意見をきちんと受け入れてもらえなかったら、その地位を去らなければならない〟となります。

二点の拡張版

ここまでを読むと、孟子は、官僚には職務があること、王に対して意見をするのには責任が伴うこと、そしてそれらをうまく果たせなかった場合には辞職しなければならないことを、きちんと認識しています。だから、知り合いの貴族が辞職したのは当然です。ならば、彼自身も何らかの責任を取るべきではないでしょうか？

しかし、孟子は、自分は違うと言います。自分は「官守」も「言責」もない人間だ、と。なぜなら、彼はこの国に滞在している外国人であり、〝政治顧問〟ではあるものの、斉王から正式に役職に任命されているわけではないからです。

というわけで、孟子の結論は次のようになるのです。

吾《ガ》進退《ハ》、豈《あニ》不《ラン》三綽《しゃく》綽《しゃく》然《トシテ》有《ラ》二余裕一哉《や》。

「不」に付いている「三」は、初登場の返り点。一二点の拡張版です。いったん飛ばして読み進めて、二点が付いていている漢字のあとに返ってきて読めばいいだけです。一二点はこうやって「四」「五」とどんどん拡張していくことが可能ですが、実際に出てくるものとしては、「三」までがほとんどです。

それを踏まえて書き下し文を作ると、次のようになります。

吾《わ》が進退《しんたい》は、豈《あ》に綽綽然《しゃくしゃくぜん》として余《よ》裕《ゆうあ》有らざらんや。

「吾が進退」とは、〝私が政治顧問を続けるか辞めるか〟。その次の「豈」は、音読みでは「がい」と読みますが、現代日本語ではまず使われない漢字。「あ（に）」と訓読みして「豈《あ》に〇〇ならんや」と読む形を作り、〝〇〇だろうか、いやそうではない〟という反語を表す漢字です。

反語専用の言い回し

前章の最後の方で、反語は疑問の発展形で、この二つを厳密に区別するのは難しい、と述べました。しかし、この「豈」を用いた形の場合、反語を表すのが標準で、単純な疑問になることはまずありません。つまり、漢文には反語専用の言い回しがあるわけで、これは、日本語とも英語とも異なる、漢文の特徴となっています。

「豈」で始まる反語の形は、漢文訓読では、必ず「豈に○○ならんや」「豈に○○せんや」のように、文語で反語を表すことが多い助詞「や」で結んで、反語であることをはっきりさせるのがふつうです。ただ、ほとんどの場合、原文の方にも「や」と訓読みする漢字が使われています。

ここで「や」と訓読みしているのは「哉」という漢字ですが、前章で疑問の形を作る漢字として取り上げた「乎」を用いることもあります。

✤「豈」を用いた反語の形

☆「豈A哉」の形で、「豈《あ》にAならんや」「豈《あ》にAせんや」などと読み、〝Aだろうか、いやそうではない〟〝Aするだろうか、いやしない〟といった反語の意味を表す。
※「哉」の代わりに「乎」を用いることもあるが、どちらも文語の助詞「や」で訓読みするので、書き下し文ではひらがなにするのが一般的。

さて、ここで反語によって否定される対象となるのは、「不綽綽然有余裕（綽綽然として余裕有らず）」。「綽綽然」とは〝ゆったりしているようす〟ですから、「有余裕」とイコールの関係。この両者を「不」で否定しているので、〝ゆったりとしていて余裕がある状態ではない〟という意味となります。

この全体が反語の対象となっているわけですから、直訳すれば〝ゆったりとしていて余裕がある状態ではないのだろうか、いや、そういう状態だ〟ということ。孟子の気持ちになって少し意訳すると、〝ゆったりとしていて余裕がある状態であってはいけないだろうか、いやまったくかまわない〟ということでしょう。

ふてぶてしいまでの情熱

孟子に言わせれば、彼は斉の国に仕えているわけではない自由人です。だから、守るべき職務も意見を述べる責任もありません。とすれば、辞職するしないという議論とも無縁で、〝政治顧問〟を続けるか続けないかは、他人からとやかく言われる筋合いのものではありません。余裕たっぷりに構えていて何が悪いのか、というわけです。

とはいえ、知り合いの貴族が辞任するきっかけを作ったのは、明らかに孟子です。ちょっとは責任を感じてもいいのではないでしょうか？

孟子自身、そのことはわかっていたに違いありません。しかし、彼には、宣王に道徳に基づく政治を行わせて、理想の王国を実現するという〝大義〟があります。そのためには、せっかく手に入れた〝政治顧問〟という立場を捨てるわけにはいきません。そこで、以上のような理屈をつけて、いわば開き直ってみせたのでしょう。

最後の「豈に綽綽然として余裕有らざらんや」のところは、煎じ詰めれば「余裕有り」だけでも同じ意味。それに「綽綽然として」を付け加え、全体をいったん否定してから反語でさらにそれをひっくり返して肯定するという、かなり手の込んだ表現となっています。いわば、かなりもったいぶった言い回しをしているわけで、そこには、孟子の開き直り、ことばを変えれば屈折した意識やふてぶてしさが現れているように感じられないでしょうか。私たちが現在でもふつうに使っている「余裕綽綽」という四字熟語は、そういう手の込んだ表現から生まれているのです。

私に言わせると、このふてぶてしさこそが孟子の持ち前でもあります。ここで取り上げたのは、彼の言動を記録した『孟子』という本の一節ですが、この書物には、〝理想の王国を実現したい〟という孟子のふてぶてしいまでの情熱が、満ちあふれています。ただし、現実的にはその情熱は報いられることなく、やがて孟子は宣王に失望して、斉の国から立ち去っていったのでした。

2　ソロが苦手な音楽家——南郭濫吹（韓非子）

音楽が好きな王さま

前節で見た斉の宣王は、結局は孟子の理想を受け入れることはできなかったのですが、けっして愚かな君主ではありませんでした。政治的には斉国の最盛期を現出したほか、学問の保護にも力を入れ、多くの学者を都に集めて議論を戦わせたことでも知られています。

さらにこの王さまは、音楽の趣味もあったようです。『孟子』にも、宣王が「世俗の楽を好む」と語る場面があります。その時にはやっている、ポピュラーな音楽が好きだったのでしょう。

この王さまの音楽好きに関しては、『韓非子《かんぴし》』という別の書物にも、ちょっとおもしろい話が伝えられていますので、読んでみましょう。

斉ノ宣王、使ムルニ㆓人ヲシテ吹カ㆒㆑竽《ふえ》ヲ、必ズ三百人ナリ。

ここで、これまでには出てこなかった、新しい返り点の登場です。「吹」の下に、「二」と「レ」が重なったような返り点が打ってありますよね。これは、その名も「一《いち》レ《れ》点《てん》」といい、一点とレ点の二つのはたらきを同時に行います。

一点のはたらきに従うと、これが付いている漢字を読んだら、次は二点が付いている漢字に返って読むことになります。一方、レ点のはたらきに従えば、これが付いている漢字を読むのは、すぐ次の漢字を読んでから。結局、まずすぐ次の漢字を読んで、それから一レ点が付いている漢字を読んで、そのあとに二点が付いている漢字に返っていくことになります。

具体的に見ると、ここでは一レ点が付いているのは「吹」ですから、まずすぐ次の「竽」を読み、次に「吹」を読み、それから「使」を読めばOK。一点とレ点に分けて考えれば、当然、そうなりますよね。難しく考える必要はまったくありません。

ただ、みなさんの中には、〝最初に読む「竽」に一点を、次に読む「吹」に二点を、最後に読む「使」に三点をつければいいんじゃないの？〞と思う人もいるかもしれませんね。理屈としてはそれでもかまわないのですが、漢文訓読の世界では、〝一文字だけ返る場合には必ずレ点を使う〞という不文律があります。そのために一レ点なるものが出現するのだ、とご理解ください。

古代中国のハーモニカ

というわけで、書き下し文は次のようになります。

斉《せい》の宣王《せんおう》、人《ひと》をして竽《ふえ》を吹《ふ》かしむるに、必《かなら》ず三百人《さんびゃくにん》なり。

この中には、原文にはあるのに書き下し文ではなくなっている漢字がありますよね。「使」がそれです。これは、使役を表す形を作る、とても重要な漢字です。

使役とは、〝誰かに何かをさせる〞ことをいいます。〝誰か〞をA、〝何か〞という動作や行動をBで表すと、〝AにBさせる〞ということです。これを、漢文では、「使AB」という形で表現します。

英語にも、似たような使役の構文がありますよね。〝He makes me do it.〞といえば、

〝彼は私にそれをさせる〟という意味。この「使」とあの〝make〟は、文法的にはまったく同じはたらきをしているのです。

それがわかると、使役の形は難しくもなんともないですよね。でも、それをどう訓読して書き下し文にするかは、ちょっと独特です。

〝AにBをさせる〟ということを、漢文訓読では「AをしてBせしむ」と表現します。最後の「しむ」は、文語の使役の助動詞で、原文の「使」に相当しています。そして、助動詞だから、例によって書き下し文ではひらがなにするのが一般的。そのため、原文には存在しているのに、書き下し文には現れない形になるわけです。

✤「使」を用いた使役の形

☆「使AB」の形で、「AをしてBせしむ」と読み、〝AにBをさせる〟という意味を表す。「使」は文語の助動詞「しむ」を使って訓読するので、書き下し文ではひらがなにするのが一般的。

以上を踏まえると、「人をして竽を吹かしむ」は、〝人に竽を吹かせる〟という意味となります。この「竽」という漢字は、「ふえ」と訓読みしておきましたが、厳密に言うとある特定の〝笛〟を指します。

その笛は、実は現在でも、日本の雅楽で使われています。現在のものは、長さが違う一九本の管が束になっていて、ハーモニカに似たような響きで、なんとも雅《みやび》やかな和音を奏でる楽器です。古代中国の「竽」は、それの三六本バージョンだといいますから、もっといろいろな和音を奏でることができたんでしょうね。

王さまのために吹かせてください

「斉の宣王、人をして竽を吹かしむるに」とは、〝斉という国の宣王は、家来たちにこの笛を吹かせるのに〟という意味。その時にどうしたのかというと、「必ず三百人なり」、つまり、三百人の大合奏団を組織していたのです。

さすが大国の王さま、やることのスケールが違いますよねえ！　その壮大な響きといったら、パイプオルガンを何台か一緒に鳴らしているような感じでしょうか。

そこへ登場するのが、「南郭《なんかく》の処士《しょし》」と呼ばれる人々です。「南郭」とは、都の南の方にあった一画を指すことば。中国の都では、王さまは北に住んでいるのがふつうでしたから、「南郭」はその逆で、下町だったのではないかと思われます。

そこに住んでいる「処士」とは、〝きちんとした宮廷の役職に就いていない人〟のこと。現代風に〝フリーター〟だと考えるとちょっと行き過ぎかもしれませんが、あながち完全に的外れでもないでしょう。

南郭ノ処士、請フ二為《ため》ニレ王ノ吹カント一レ竽ヲ。

また一レ点が出てきましたね！　しかも今度は、それと二点との間にレ点が挟まっているという、かなり複雑な形です。でも、慌てることはありません。

「請」には二点が付いているから、後回しです。次の「為」にはレ点が付いているから、すぐあとの「王」を読んでから返って、「王の為に」と読みます。さらに進んで「吹」を見ると、これには一レ点が付いていますよね。そこで、すぐ次の「竽」を読んでから「吹」に返って「竽を吹かんと」と読み、最後に「請」に返って読めばいい、ということなります。

南郭《なんかく》の処士《しょし》、王《おう》の為《ため》に竽《ふえ》を吹《ふ》かんと請《こ》ふ。

「請」という漢字は、「飲河満腹」でも出てきましたよね（七八頁）。あそこでは会話文の中だったので、〝お願いですから○○してください〟というふうに解釈しましたが、ここは地の文ですから、単純に〝お願いする〟という意味に取るのがいいでしょう。解釈としては、〝南の下町のフリーターが、王さまのために笛を吹かせてください、とお願いしてきた〟となります。

王さまの代替わり

宣王は、「南郭の処士」を喜んで召し抱えたそうです。その結果、王立の「竽」合奏団の団員は、数百人にも膨れあがったのだとか。つまり、笛を吹かせてくださいと言ってきた「南郭の処士」は、大量にいたのですね。かたや、王さまは大好きな大合奏を楽しめますし、フリーターたちは仕事にありつけます。いわゆるウィン・ウィンの関係が成り立っていたというわけです。

しかし、ハッピーな状態は、残念ながらそんなに長く続くものではありません。

宣王死《シ》、湣《びん》王《おう》立《チ》、好《ム》二一一《ニ》聴《クヲ》レ之《ヲ》。

またまた一レ点の登場です！　三回目だから、さすがにもう大丈夫ですよね。

宣王死《せんおうし》し、湣王立《びんおうた》ち、一一《いちいち》に之《これ》を聴《き》くを好《この》む。

笛の大合奏が好きだった宣王が亡くなると、その子どもの湣王が新しい王さまになりました。この人はお父さんとは違って、〝一人ひとりの演奏を別々に聴く〟、つまりソロの演奏を聴くのが好きだったのです。その結果、何が起こったかというと……。

処士、逃《グ》。

処士《しょし》、逃《に》ぐ。

例のフリーターたちは逃げ出してしまった、というわけ。原文は、漢字三つだけでできている、とても短い文。書き下し文を口に出して読んでみても、「しょ」「し」「に」「ぐ」と四つの音にしかなりません。こういう簡潔な表現は、漢文ならではのもの。余分な描写がまったくないからこそ、かえってあわてふためいて逃げていくようすを想像させないでしょうか。逃げ出した「処士」たちは数百人はいたことを考慮にいれると、さらに趣が増します。

彼らは、ソロで演奏する自信がなかったのでしょう。つまり、笛があんまりうまくないのに、それをごまかして大合奏団に混じっていたのだろうと想像されます。

そう考えると、「竽」が和音を奏でる楽器だというところが効いてきます。一人でいくつかの音が同時に鳴らせるのですから、何百人もが同時に吹けば、その音の数たるや、すさまじいもの。そんな音の大洪水の中にだったら、へたな演奏者が混じっていても目立たないに違いありません。

そうやって、うまく機転を利かせて職にありついた「南郭の処士」たちでしたが、彼らの生活の安定は、王さまの音楽の趣味というはかないものの上に成り立っていたという次第。いつの時代も、生活の糧を得るというのは、たいへんなものなのです。

以上のお話からは、「南郭濫吹《なんかくらんすい》」という四字熟語が生まれています。「濫」は、〝水〟を表す部首「氵（さんずい）」が付いているように、本来は〝水があふれる〟ことを意味する漢字。そこから転じて、〝守るべき限度を超える〟ことをも表します。「南郭」に住むフリーターたちは、自分の能力以上に〝笛が吹ける〟と偽ったわけです。そこから、この四字熟語は、〝才能のある人たちの中に、実は才能がない人が混じっている〟ことを指して用いられます。

この話が載っている『韓非子』は、韓非という思想家の文章を中心として、紀元前三世紀ごろにまとめられた書物。〝組織をいかに効率よく運営するか〟を追求した、組織論の古典です。そこで、「南郭濫吹」のお話も、一般的には〝組織をうまく運営するためには、構成人員一人ひとりの能力をきちんと見極める必要がある〟ということを示す、たとえ話だと理解されています。

でも、私たちが漢文を読む際には、そういう解釈に必ずしも縛られる必要はありません。能力をごまかしてでも職を得ようなんて、なかなか度胸がありますよね。そこに、下町に生きる人々のバイタリティを感じ取ってもいいでしょう。あるいは、そこまで彼らが追い詰められていたということは、当時の斉の国は、大国ではあったけれど、その内部にはいろんな社会問題が渦巻いていたんだろう、と想像してみるのもいいかもしれません。

実際、音楽をソロで鑑賞するのが好きだったという湣王の治世は山あり谷ありで、最初のうちは斉は大国として勢威をふるったものの、最終的には国力が衰え、湣王も殺されて亡くなっています。だとすれば、〝一人ひとりの能力を見極める〟組織運営にも、至らないところがあるのかもしれないですね。

漢文こぼれ話④　諸子百家の時代

紀元前四～三世紀の約二〇〇年間の中国では、さまざまな思想家が活躍しました。孟子もその一人ですが、『韓非子』の中心的な部分を執筆した韓非という人物もその一人です。

彼らは、ひとまとめにして「諸子百家《しょしひゃっか》」と呼ばれます。「諸子」は、それぞれの思想家を指すことば。孟子、韓非のほか、第1章で取り上げた荘子や、第2章で触れた列子などが含まれます。

「百家」の「家」とは、そういった思想家たちを分類したグループのこと。孟子は、孔子の思想を受け継ぐ「儒家」の筆頭。荘子や列子は、老子の思想を受け継ぐ「道家」の代表格。そして、韓非は、厳格な法律の運用によって国を治める方法を説いた「法家」の最もよく知られた思想家です。

当時は、中国が多くの国々に分裂して、互いに争っていた時代。そんな状況の中で、世の中をよりうまく治める方法が求められ、さまざまな思想の花が咲いたのです。諸子百家の時代は、中国古代思想の黄金時代だとされています。

諸子百家の書物から生まれた四字熟語は、たくさんあります。『孟子』であれば、〝将来の希望を見失って、自分をダメにするような態度を取る〟ことをいう「自暴自棄《じぼうじき》」。『荘子』であれば、〝澄んだ鏡や波一つない水面のように、すっきりと落ち着いた気持ち〟を表す「明鏡止水《めいきょうしすい》」。『韓非子』であれば、〝相手の言うことを無批判に受け入れる〟という意味の「唯々《いい》諾諾《だくだく》」や、〝賞罰の基準をはっきりさせる〟ことを指す「信賞必罰《しんしょうひつばつ》」などが有名です。

そのほか、本文では取り上げられなかったものの重要な諸子百家としては、戦いに勝つ方法を追求した『孫子《そんし》』があります。この書物からは、〝敵同士が協力し合う〟ことを意味する「呉越同舟《ごえつどうしゅう》」が生まれているほか、意味を説明するまでもないくらい現在でもよく使われている「正正堂堂《せいせいどうどう》」も、『孫子』の一節に由来する四字熟語です。

3　推薦した人、された人――城狐社鼠（説苑）

一癖も二癖もある居候たち

この章では、文法的なことがらとして、1では「豈」を用いた反語専用の形について、2では「使」を用いた使役の形について説明しました。第2章から通して振り返ると、否定の形、疑問の形、可能の形、反語の形、使役の形について見てきたことになります。

漢文では、こういうさまざまな文法的な形のことを「句形《くけい》」と呼んでいます。そこで次に、これまでに取り上げていない重要句形の一つ、受け身の形が出てくる漢文を読んでみましょう。題材にするのは、「城狐社鼠《じょうこしゃそ》」という四字熟語の元になった一節。これまた、聞き慣れないことばですよね。

漢文で出てくる「城」とは、日本人の私たちがイメージするような〝お城〟ではなくて、都市をぐるっと取り囲む〝城壁〟のこと。古代の中国では、人々が住む都市のまわりを、土を積み上げて固めた土手のようなもので囲い、敵の侵入に備えるのがふつうでした。そういう〝城壁〟を「城」というのです。

一方、「社」とは、これまた私たちがすぐに想像する〝会社〟のことではなくて、その土地の神さまをまつってある〝お社《やしろ》〟のこと。そこで、「城狐社鼠」とは〝城壁に住みついているキツネと、お社に住みついているネズミ〟を表すわけですが、四字熟語としてはどういう意味になるのでしょうか？

このお話の主人公は、孟嘗君《もうしょうくん》という人物。前節で出てきた湣王《びんおう》の時代の斉の国で活躍した、一種の名物男です。この人は、斉王の一族なのですが、無類の〝人間好き〟で、ユニークな才能を持った人物に対しては支援の手を惜しみません。「食客三千人」といって、一癖も二癖もある人物たちを三〇〇〇人も自分の屋敷に居候させていました。

たとえば、食事に魚が付いていないとか、外出するのに車がないとか、待遇に文句ばかりを言う男。また、ニワトリの鳴き真似が得意だというだけで、他に取り柄のない男。あるいは、孟嘗君の夫人と平気で不倫をしてしまう男。そういった怪しい人物たちが、何かをきっかけに意外な活躍を見せる。――孟嘗君をめぐっては、そんなエピソードがいろいろ伝わっています。これから読むのも、そんなお話の一つです。

責任のなすりつけ合い

孟嘗君が、食客のうちの一人を、湣王に推薦したことがありました。ところが、王はこの食客のことをほったらかしにして、三年が過ぎても何の役職にも付けてくれません。しびれを切らしたこの食客は、孟嘗君のところへやってきて文句を付けました。

「あなたが推薦してくれて三年が経ちましたが、王はまだ私に役職を与えてくれません。これは私に原因があるのでしょうか、それともあなたがいけないのでしょうか」

これに対する孟嘗君の返事は、すげないものでした。

「糸は針に導かれて布を貫いていきますが、布を縫い合わせるのは糸であって、針ではありませんよね。また、見合い結婚の場合でも、夫婦が打ち解け合うのには仲人は関係ありません。つまり、王が役職を与えないのは、あなたの才能が乏しいからですよ。それなのに、どうして私を恨んだりするのです？」

ここからのやりとりがなかなかおもしろいのですが、きちんと読むのはたいへんなので、要点だけをまとめてご覧に入れましょう。
食客「いや、いかに優れた猟犬でも、はるか遠くにいる獲物を捕まえろと言われたら、困ってしまいます。犬よりも飼い主の方に問題があるのではないでしょうか？」
孟嘗君「いや、昔、夫の戦死を悲しんだ妻が城壁に向かって泣くと、城壁が崩れたという話があります。土壁だって人の気持ちを感じるのです。あなたの気持ちが足りないから、王を動かすことができないのではないですか？」
食客「いや、鳥がうまく巣を作っても、その巣を支える草が弱くては、巣は簡単に崩れてしまいます。やはり、頼りにしているものがしっかりしていないとダメなのです」
たとえ話を折り込みつつ、みごとな責任のなすりつけ合いをくり広げていますね！

キツネとネズミのたとえ話

この食客は、その流れに乗って、最後にもう一つ、たとえ話を付け加えました。

狐者《は》人之所レ攻《ムル》也。

二文字目の「者」は、これまでに何度か出てきたように、〝何かをする人〟を表すほか、〝ものごと〟をも表す漢字ですが、ここではその〝人〟や〝ものごと〟を主語として提示するはたらきをしています。こういう場合の「者」は、「は」と訓読みしてしまいます。「は」は助詞ですから、書き下し文ではひらがなにするのが一般的です。

狐《きつね》は人《ひと》の攻《せ》むる所《ところ》なり。

「攻むる所」とは、〝攻める対象〟。この場合の「所」は、〝場所〟という意味ではなく、動詞の前に置かれてその動詞が表す動作の対象を表します。つまり、この一文は、〝キツネは、人間が駆除しようとする対象である〟という意味になります。

続く一文は、例によって同じパターンのくり返しですから、白文で示しても書き下し文がどうなるか、予想がつきますよね。

鼠者人之所熏也。

「熏」は、〝煙を当てる〟という意味の漢字。「いぶ（す）」と訓読みします。

鼠《ねずみ》は人《ひと》の熏《いぶ》す所《ところ》なり。

こう読めるように返り点と送り仮名を付けると、次のようになります。

鼠者人之所レ燻ス也。

〝ネズミは、人間がいぶして追い出そうとする対象である〟という意味であることは、言うまでもないでしょう。

キツネは畑の農作物を荒らしますし、ネズミは家の食糧を荒らします。どちらも、人間に害を与える動物です。そこで、〝キツネは駆除する対象だし、ネズミはいぶし出す対象だ〟となるわけです。しかし、それが〝自分が斉王に使ってもらえないのは、自分を推薦した孟嘗君に責任がある〟という主張とどのように関連するのでしょうか。

一文字で二度読む漢字

それがわかるのが次の文なのですが、この文には、書き下し文を作るにあたって注意しないといけない重要な漢字が、二つ、含まれています。

臣、未《ダ》《ざル》嘗《かつテ》見稷狐《ノ》見《らレ》攻《メ》、社鼠《ノ》見《るヲ》燻《サ》也。

一つ目は、二番目に出てくる「未」。これは、〝まだ○○していない〟という意味を表します。「未熟」といえば〝まだ熟していない〟ということですよね。

それを文語で表現すると、「いまだ○○せず」となります。そこで、漢文訓読では、この漢字をまず「いま（だ）」と読んでおいて、そのあと「○○せ」に相当する部分を読んでから返ってきて、もう一度「ず」と読むという、複雑なことをするのです。このように、その意味を表すために二度読む漢字を、「再読文字」といいます。

❖再読文字「未」の読み方

☆「未A」の形で、〝まだAしていない〟という意味を表す。まず「未《いま》だ」と読んだあと、〝Aして〟の部分を読んでから、返り点で返ってきてもう一度「未《ず》」と読む。二度目に読む「ず」は助動詞なので、書き下し文ではひらがなにするのが一般的。

ここでは、「未」に三点が付いています。これは、二点が付いた「見」を読んでから返ってきて、「ず」と読むための返り点。でも再読文字ですからそれはいったん無視して、まずはふつうに「未だ」と読み、次の「嘗」には返り点は付いていないから「嘗《かつ》て」と読みます。その次の「見」には二点が付いていますから、一点が付いた漢字を読んだあとに返ってきて読み、さらに「未」に返って「ず」と読むことになります。

ただ、ここでは「ず」を活用させて「ざる」として、文末の「なり（也）」につなげています。「未」の左下に「ル」と送り仮名が付いているのは、そのため。再読文字を二度目に読む場合の送り仮名は、漢字の左下に付けるのがきまりです。

漢文には、「置き字」と呼ばれる、原文には存在するのに訓読では読まない漢字があります。それだけでも不思議といえば不思議なのに、今度は二度読むという「再読文字」の出現です。なんとも面妖なお話ですが、こういうアクロバティックな読み方こそが、漢文訓読の醍醐味だとも言えるでしょう。

それはともかく、この文の「臣、未嘗見……也」の部分だけを書き下し文にすると、「臣《しん》、未《いま》だ嘗《かつ》て……を見《み》ざるなり」となります。

駆除したくても駆除できない！

さて、注意しないといけない漢字の二つ目は、「見」です。この文には三か所に出てきますが、ふつうに「見る」と読んでいいのは一か所目だけ。残りの二つは特殊な用法で、これこそが、最初にお話しした受け身の形を作る漢字なのです。

受け身を表す「見」は、文語の受け身の助動詞「る」「らる」を使って訓読みします。「る」「らる」のどちらを使うかは直前の動詞の活用のタイプによりますが、その点は現代語の「れる」「られる」とほぼ同じなので、難しく考えなくてもよいでしょう。

✤受け身を表す「見」

☆「見Ａ」の形で、「Ａせらる」と読み、〝Ａされる〟という意味を表す。文語の受け身の助動詞「る」「らる」を使って訓読みするので、書き下し文ではひらがなにするのが一般的。

ここの文では、「稷狐見攻、社鼠見燻」が、受け身の「見」が使われている部分。ここだけを抜き出して書き下し文にすると、「稷狐《しょくこ》の攻《せ》められ、社鼠《しゃそ》の燻《いぶ》さるを」となります。

以上を踏まえて、この文全体を書き下し文にしてみましょう。「社鼠見燻」の「見」に一レ点が付いていて、そこからさっき読んだ「未嘗見」の「見」に返るわけですから、結果は次のようになります。

臣《しん》、未《いま》だ嘗《かつ》て稷狐《しょくこ》の攻《せ》められ、社鼠《しゃそ》の燻《いぶ》さるを見ざるなり。

「臣」は、「盤根錯節」のところで出てきた一人称の代名詞（一二一頁）。「嘗て」は、〝それまでに〟〝これまでに〟という意味。「稷狐」の「稷」は見慣れない漢字ですが、〝穀物の神〟を表す漢字。ここではその神さまがまつってある建物のこと。つまり、この食客は、〝拙者は、これまでにまだ、穀物の神さまがまつってある建物にすむキツネが駆除されたり、土地の神さまがまつってあるお社にすむネズミがいぶし出されているのを見たことがありません〟と言っているわけです。

当時、キツネやネズミを駆除する最良の方法は、その巣穴に水を流し込むか、煙を送り込むことでした。しかし、穀物の神さまがまつってある建物に水を流し込むと、建物そのものが傷んでしまいます。また、土地の神さまがまつってあるお社に煙を送り込むと、お社そのものが燃えてしまうおそれがあります。だから、こういったキツネやネズミには、誰も手を出せないのです。

ここまで来ると、この食客が言いたいことが、なんとなくわかってきたのではないでしょうか。いい場所に住んでいるキツネやネズミは、安心して生活を送ることができます。それと同じように、力のある人がバックに付いている人間は、いい役職がもらえて満足のいく人生を送ることができるのです。〝自分が王から何の役職ももらえないのは、推薦者であるあなたに責任がある〟。この食客がキツネとネズミの話をしたのは、それが言いたかったからなのでした。

相手の才能を見極める

ここから、「稷狐」や「社鼠」は、〝権力者がバックに付いているので、悪いことをしても罰せられない人〟のたとえとして使われるようになります。そして、「稷」が「城」

に変化してこの二つが結びついたのが、「城狐社鼠」という四字熟語。現在でも、〝権力や権威のある人に取り入って、陰で悪いことをしている人〟を指して使われることがあります。中国であれ日本であれ、昔からそういう人は後を絶たないようですね。

それはともかく、こういうやりとりがあった後、孟嘗君は改めて、この食客を斉の王に推薦したそうです。その結果、斉王は、今度はいきなり、この食客を総理大臣にしたのだとか。何やら話ができすぎのような気もしますが、この食客の孟嘗君への直談判は、大いに効果があったのでした。

ここでちょっと考えてみたいのは、最初は〝あなたの才能がないからでしょう?〟と冷たい対応を取っていた孟嘗君が、どうしてこの食客を斉王に再び推薦することにしたのか、ということです。その理由は、何も彼が〝たとえ話合戦〟で根負けしたからというわけではないのでしょう。この対話を通じて、孟嘗君は、この食客の才能を再認識したのではないでしょうか。

「百発百中」のところでも説明したように、たとえ話を巧みに用いて自分の主張を展開できるのは、当時の政治の場ではとても重要な能力でした(五九頁)。その点で、この食客には合格点があげられそうです。

なおかつ、この食客が次々にくり出す話は、すべて動物にたとえたもの。この種の話は、いわば童話やおとぎ話ですから、厳しい意見をオブラートでくるんで伝え、相手が耳を傾けやすくするはたらきがあります。自分の将来が懸かった切羽詰まった場面でそういう気配りができるという点も、孟嘗君のお眼鏡にかなったのではないでしょうか。

「この男、弁が立つだけではなく、ＴＰＯをわきまえた行動もできますぞ」

孟嘗君はきっと、そんなことをいい添えながら、この食客を斉王に推薦したに違いありません。人をよく観察して、その才能をきちんと見極めることができる。無類の〝人間好き〟だった孟嘗君の面目躍如というところでしょう。

4　病気になった将軍——蓬頭乱髪（近古史談）

ぼさぼさのままの髪の毛

さて、この章では、1では三点、2では一レ点という新しい返り点が出て来ました。とはいえ、三点は一二点の拡張バージョンにすぎませんし、一レ点は一点とレ点を同じ文字に付けただけですから、どちらもそんなに難しいものではありません。

ただ、漢文を読み味わうためには、もう一つだけ、知っておかないといけない返り点があります。それは、「上下点《じょうげてん》」と呼ばれるもの。そこで、この章の最後に、上下点が使われている漢文を読んでみることにしましょう。

題材とするのは、「蓬頭乱髪《ほうとうらんぱつ》」という四字熟語の元になった漢文です。

「蓬」は、「よもぎ」と訓読みする漢字。ただし、この漢字については、中国語と日本語とで指している植物が異なるという、ちょっと複雑な問題があります。しかし、「蓬頭」という熟語に関して言えば、日本でも中国でも同じく、〝「蓬」のようにぼさぼさの頭〟という意味。つまり、「蓬頭」と「乱髪」はほぼ同じ意味の熟語で、この二つを組み合わせた「蓬頭乱髪」も、〝髪を整えていない頭〟を表します。

この四字熟語が出てくるのは、幕末の学者、大槻磐渓《おおつきばんけい》という人が著した、『近古史談《きんこしだん》』という書物。この本でこれまで取り上げてきた漢文とは違い、日本人によって書かれたものです。書名の「近古」は、幕末の人から見て〝近い過去〟ということで、具体的には、戦国時代から江戸時代の初めごろを指しています。その時代に活躍したさまざまな武将たちのエピソードを、漢文で記した書物、それが『近古史談』なのです。

数十日も病床に……

これから読むのは、その中の一つ、江戸幕府の第二代将軍、徳川秀忠に関するお話。秀忠は、江戸幕府を開いた徳川家康の三男で、父の後を継いで将軍となり、幕府の基礎を固めた人物です。その将軍秀忠が、しばらく病床についていたことがありました。

伏《スコト》レ枕《ニ》数句、未《ダ》三嘗《テ》一朝《モ》廃《セ》二梳《そ》頭《とうヲ》一。

いきなり、さっき勉強したばかりの再読文字の「未」が出てきましたね！　返り点が付いていますが、まずはそれを無視して「いま（だ）」と読んで、あとから返り点に従って返ってきて「ず」と読むのでした。ここで「未」に付いているのは三点ですが、「梳頭」の「頭」に一点が、「廃」に二点が付いていますから、そこから順々に戻ってくればいいわけです。結果として、書き下し文は次のようになります。

枕《まくら》に伏《ふ》すこと数句《すうじゅん》、未《いま》だ嘗《かつ》て一朝《いっちょう》も梳《そ》頭《とう》を廃《はい》せず。

「枕に伏す」とは、ここでは〝病気で寝ている〟ということ。「数句」は〝数十日〟ですから、この時の将軍秀忠はだいぶ長い間、具合が悪かったようです。

「梳頭」の「梳」は、〝髪の毛にくしを入れる〟ことを表す漢字で、「くしけず（る）」と訓読みすることもあります。つまり、「梳頭」は文字通りには〝頭髪をくしで整える〟という意味なのですが、江戸時代の武士のお話ですから〝ちょんまげを結う〟ことだと理解するのが実情に合うでしょう。

「廃」は、〝やめる〟という意味。「梳頭を廃す」とは〝ちょんまげを結うのをやめる〟という意味ですが、「未だ嘗て一朝も梳頭を廃せず」というわけですから、〝一日たりとも朝、ちょんまげを結わない日はなかった〟という意味になります。
ずいぶん身だしなみに気を使う、おしゃれな人物だったんだなあ、と思うかもしれませんが、それが数十日も病床に伏せっている時のことだというのですから、尋常ではありません。

将軍たる者の責任

将軍秀忠は、どうしてそんなに髪に気を遣っていたのでしょうか。その理由を、本人は次のように説明しています。

天下之政《ハ》、不レ可《ベカラ》レ不《ル》二敬聴《セ》一。

後半、レ点が二つと一二点が組み合わさって出てきますが、この程度ではもう慌てることはないでしょう。「可」は、基本的には〝〇〇できる〟という可能の意味を表します。ただ、すでに出てきた、同じく可能を表す「能」と異なるのは、意味が少し変化して、〝○○してよい〟という許可を表すことも多いという点。そこで、文語で可能や許可を表す助動詞「べ（し）」を用いて訓読するわけです。

❖「可」の基本的な用法

☆「可A」の形で「Aすべし」と読み、〝Aすることができる〟という可能の意味、あるいは〝Aしてよい〟という許可の意味を表す。「べし」は助動詞なので、書き下し文ではひらがなにするのが一般的。

というわけで、書き下し文は次のようになります。

天下《てんか》の政《まつりごと》は、敬聴《けいちょう》せざるべからず。

「天下の政」とは、〝この世界の政治〟。「敬聴」とは、〝敬意を持って耳を傾ける〟こと。ここでは否定の「不」が付いていますから、〝真剣には聞かない〟ということになります。

ここでの「可」は、許可の例。否定の「不」と組み合わさって「不可」となっていますから、〝〇〇してよい〟の否定、つまり〝〇〇してはいけない〟という禁止を表す形となっています。

というわけで、この文を解釈すると、〝この世の政治についての話は、真剣に聞かなくてはいけない〟となります。長い間、病床から離れることができなくても、政治に関する報告は受けないといけない。それが、幕府の政治をあずかる将軍という地位なのでしょう。秀忠は、それを十二分に認識していたのです。

せめて髪形だけは整えて

秀忠のその考えを具体的に表しているのが、次の一文です。

豈《ニ》可《ケン》下以《テ》二蓬頭乱髪《ヲ》一接《スル》上レ之《ニ》乎。

「余裕綽綽」のところで出てきた「豈」が（一三六頁）、再び登場です。復習しておくと、これは〝〇〇だろうか、いやそうではない〟という意味を表す反語の形を作る漢字で、多くの場合、文末には「哉」や「乎」を伴って、「豈《あ》に○○せんや」と読むのでしたよね。ただ、ここで新たに説明しておかないといけないのは、その間に挟まれた部分に使われている上下点です。

上下点の読み方そのものは、難しいことはありません。一二点と同じように、下点が付いている漢字はいったん飛ばして読み、上点が付いている漢字が出てきたら、それを読んでから下点が付いている漢字に返って読めばいいだけです。ただ、ここでは上点が、レ点のはたらきも一緒に行う「上レ点」になっているので、読み方はかなり複雑です。

具体的に見ていくと、最初の「豈」を読んだあと、

①「可」に下点が付いているのでいったん飛ばす。

②次の「以」には二点が付いているので、「蓬頭乱髪を」と読んでから、一点が付いている「髪」から返って「以て」と読む。

③その次に出てくる「接」には上レ点が付いているので、まずはレ点のはたらきですぐ次の「之に」を先に読み、返ってきて「接する」と読んだあと、

④上点のはたらきに従って、下点が付いていた「可」に戻って「べけん」と読む。

という次第。最後に末尾の「乎」を「や」と読むのを、忘れないようにしましょう。

というわけで、この文を書き下すと、次のようになります。

豈《あ》に蓬頭乱髪《ほうとうらんぱつ》を以《もっ》て之《これ》に接《せっ》するべけんや。

意味としては、〝どうしてちょんまげも結わない状態で、政治の報告に接してよいだろうか、いやいけない〟ということ。本来ならば、将軍として、健康な体できちんと政治を行うべきなのに、病気でそれができないから、せめて最低限、ちょんまげだけは整えて報告を聞かねばならない、というのでしょう。将軍秀忠の悲壮なまでの責任感が、ひしひしと伝わってきますよね。

似た四字熟語との比較

以上が「蓬頭乱髪」という四字熟語の元になったお話なのですが、生真面目すぎるぐらいの将軍秀忠の性格が端的に描き出されているのが、とても印象的です。偉大すぎる父を持ったがための重圧に、彼なりに立ち向かっていたのでしょうか。

ところで、ここでちょっと着目しておきたいのは、「蓬頭乱髪」という四字熟語そのもの。実は、これに似た四字熟語は、他にもあります。たとえば、〝ぼさぼさの髪と垢《あか》で汚れた顔〟をいう「蓬頭垢面《ほうとうこうめん》」。あるいは、〝ぼろぼろの服装とぼさぼさの髪〟をいう「弊衣蓬髪《へいいほうはつ》」。また、〝ぼさぼさの髪とだらしない服装〟を表す「蓬首散帯《ほうしゅさんたい》」という四字熟語もあります。それぞれ、中国で書かれた漢文に由来しています。

これらに共通するのは、〝ぼさぼさの髪〟と組み合わせるのに、〝顔〟や〝服装〟という、〝髪〟以外のものを持ってきていること。ある人の〝身だしなみの乱れ〟を二つの異なる側面から描いているわけです。実は、あるものを二つの側面から描いて組み合わせるのは、四字熟語によく見られる表現技法。その方が描写の幅が広がるので、表現としては効果的なのです。

その点、「蓬頭乱髪」は、結局は〝髪〟しか描写していないので、一般的に見れば、表現として見劣りがします。ただ、ここでは逆に、〝髪〟だけに焦点を絞ることによって、将軍秀忠の〝せめてちょんまげぐらいは……〟という思いを的確に表現することに成功しているのではないでしょうか。

この四字熟語は、おそらくは『近古史談』の作者、大槻磐渓が将軍秀忠のセリフとしてふさわしいものをということで、考え出したものなのでしょう。こういうちょっとしたことば遣いの中にも、作者の筆の冴えが感じられます。

返り点はもうおしまい

最後に、上下点について少し補足説明をしておきましょう。

上下点は、たまにしか出てきません。なぜなら、一二点が付いている部分をまたいで返りたい時にだけ、使われる返り点だからです。

ここでは、「以蓬頭乱髪（蓬頭乱髪を以て）」の部分で、「髪」に一点を、「以」に二点を使っていますよね。それをまたいで、その下にある「接」からその上にある「可」まで返りたいわけですが、ここでまた一二点を使うと、次のように一点と二点がダブってしまって、どこからどこへ戻ればいいか、わからなくなってしまいます。

豈《ニ》可《ケン》二以《テ》二蓬頭乱髪《ヲ》一接《スル》レ之《ニ》乎。

その混乱を避けるために、上下点を用いて区別する必要があるわけです。

なお、一二点の拡張バージョンとして三点があるように、上下点も拡張バージョンとして、上点と下点の間に中点を入れて使うことがあります。

それでは、上下点が付いている部分をもまたいで返りたい時には、どうするのでしょうか。そういう場合には、「甲乙点《こうおつてん》」を用います。じゃあ、それが付いている部分をもまたいで返りたい時には？　そのためには「天地点《てんちてん》」というものが用意されています。どちらも、考え方は上下点と同じです。

ただ、そういった複雑な返り点を実際に用いることは、まずありません。なぜなら、複雑な読み方をすると何かと面倒なので、それを避けて訓読のしかたを工夫するからです。というわけで、私たちとしては、上下点までを知っておけば十分です。しかも、ここでは上レ点という形が出てきましたから、返り点の学習は、もうおしまいにしてもいいでしょう。

漢文こぼれ話⑤　日本人が書いた漢文

現在の私たちにとっては、漢文とは〝読むもの〟ですが、長い間、日本人にとって漢文とは〝書くもの〟でもありました。八世紀の前半にまとめられた、日本で初めての正式な歴史書、『日本書紀』は、漢文で書かれています。その後も、漢文を〝書く〟という営みは、平安時代には王朝貴族たちを、鎌倉・室町時代には仏教の僧たちを中心として、受け継がれていきました。

それが質量ともに最高潮に達したのは、江戸時代でしょう。幕府が学問を奨励したことを背景に、各藩には「藩校」が開かれ、侍たちが漢文を中心とする学問に励んだのです。そこで学んだ者たちの中からは、自分たちの経験や考えを、中国人も顔負けのみごとな漢文として残すものがたくさん現れました。

四字熟語の中には、それらの文章から生まれたものもあります。たとえば、〝鎧《よろい》の袖がちょっと触れたくらいの軽い一撃で、相手を打ち倒す〟ことを意味する「鎧袖一触《がいしゅういっしょく》」。これは、現在の広島県出身の漢詩人にして文章家、頼山陽《らいさんよう》が著した『日本外史《にほんがいし》』という歴史書に出てくることば。平安時代の武将、源為朝《みなもとのためとも》が、〝平清盛《たいらのきよもり》なんかちょろい相手だ〟という意味合いで発するセリフの中で使われています。

また、〝目標に達するまではまだまだ長い〟ことを表す「前途遼遠《ぜんとりょうえん》」は、現在の香川県出身の柴野栗山《しばのりつざん》という学者が書いた、「進学三喩《しんがくさんゆ》」という文章で用いられたことば。近くまでしか出かけない人よりも、はるか遠くまで旅する人の方が自然と早足になるように、遠大な目標を掲げた方が学問の進歩も速い、という文脈で用いられています。

そのほか、「奇想天外《きそうてんがい》」は、江戸時代の漢詩人たちが、お互いの作品を批評する際によく用いた「奇想、天外より落《お》つ」に由来する表現。作品の〝着想がすばらしい〟ことを〝空から降ってきたようだ〟とたとえたものです。

第4章

摩訶不思議な物語

1　天才画家の超絶技巧――画竜点睛（歴代名画記）

皇帝のお気に入りの画家

第2章と第3章では、漢文のさまざまな文法的なことがらを取り上げました。英語がすらすらと読めるようになるためには、ある程度の英文法の知識が必要になるのと同じように、漢文をより深く読み味わうためには、ある程度の文法的な知識は必須です。ただ、文法のお話は、とかくこむつかしくなりがちです。みなさんもちょっと疲れてきたんじゃないでしょうか？　実は、私も疲れてきているんです！

そこで、最後のこの章では、文法的な説明は必要最低限にして、漢文をたのしもうと思います。そこで読んでみたいのが、現実にはありえない不思議な物語。教科書に出てくる漢文というと、歴史書や思想書など現実的なものが多いのですが、非現実的でイマジネーションに富んだできごとを語る漢文も、たくさんあるのです。

最初に取り上げるのは、九世紀に書かれた『歴代名画記《れきだいめいがき》』という本に出てくる、「画《が》竜点睛《りょうてんせい》」のお話です。

六世紀前半の中国で活躍した、張僧繇《ちょうそうよう》という画家がいます。この人の描く絵は真に迫っていて、皇帝に命令されて描いた皇族たちの肖像画は、まるで本人を目の前にしているかのようだったとか。そんなこともあって皇帝に気に入られたのでしょう、この画家さんは、あちこちのお寺の壁を飾る壁画を描くことになりました。

今にも動き出しそうな絵

当時の中国の都は金陵《きんりょう》といって、現在の南京《ナンキン》に当たります。当時、この都にあった安《あん》楽寺《らくじ》というお寺の壁に描かれた四匹の白竜の絵も、張僧繇の手になるものだったそうです。ただ、この絵には、おかしなところがありました。

金陵ノ安楽寺ノ四白竜ハ、不レ点ゼ二眼《がん》睛《せい》ヲ一。

金陵《きんりょう》の安楽寺《あんらくじ》の四白竜《しはくりゅう》は、眼睛《がんせい》を点《てん》ぜず。

この場合の「点」は、〝点を描き込む〟という意味。「睛」は、部首「目」にも現れているように〝瞳〟を表します。「眼睛」になっても、意味は同じ。「眼睛を点ぜず」とは、〝瞳を描き込んでいなかった〟という意味です。

どうしてそんな未完成な状態だったのでしょうか。その理由を質問された作者の張僧繇さんは、次のように答えたそうです。

点ズレバレ睛《ひとみ》ヲ即チ飛ビ去ラン。

睛《ひとみ》を点《てん》ずれば即《すなわ》ち飛《と》び去《さ》らん。

漢文には「すなわ（ち）」と訓読みする漢字が多いことには「余裕綽綽」のところで触れましたが（一三二頁）、「即」もその一つ。次に述べることが〝間をおかずに、すぐさま〟起こる場合に使われます。

つまり、この画家さんは、〝瞳を描き入れたら、すぐに竜が飛び去ってしまう〟と言っているのです。いかに真に迫っているとはいえ、絵から竜が抜け出すなんて、そんなバカなことがあるはずはありません。だれも信じなかったことは言うまでもないでしょう。ところが、それでもこの画家さんは、主張を変えなかったらしいのです。

飛び去った竜と残った竜

〝そこまで言うなら、実際にやってみてくださいよ〟。そう言われた張僧繇さんは、しかたなく絵筆を取りました。そして、四匹のうち二匹に瞳を描き入れ終わったとき、不思議なことが起こったのです。

須《しゅ》臾《ゆ》ニシテ雷電破リレ壁ヲ、両竜乗リレ雲ニ、騰《とう》去《きょ》シテ上ルレ天ニ。

須臾《しゅゆ》にして雷電壁《らいでんかべ》を破《やぶ》り、両竜雲《りょうりゅうくも》に乗《の》り、騰去《とうきょ》して天《てん》に上《のぼ》る。

「須臾」とは、〝とても短い時間〟を表すことば。「雷電」は、〝ゴロゴロと鳴る雷と、ピカッと光る稲妻〟。「両竜」とは〝二匹の竜〟という意味。漢文で使われる「両」は、単に〝二〟を表すのが基本で、〝両方〟という意味ではあまり出てきません。
「騰」は、字の形に「馬」が含まれているように、本来は〝馬が跳ね上がる〟ことを表す漢字。「騰去」とは、そんな激しい勢いで飛び去ってしまうことをいいます。

この画家さんが瞳を描き入れたとたん、〝あっという間に雷が鳴って稲妻が落ちて壁は崩れ、二匹の竜が雲に乗って、空の彼方へと勢いよく飛び去ってしまった〟のでした。

となると残ったのは……？

二竜ノ未ダルレ点ゼレ眼ヲ者ハ、見《げん》ニ在リ。

ここでまた、再読文字の「未」に出会いましたね。もう三度目ですから、読み方にはだいぶ慣れてきたのではないかと思います。

二竜《にりゅう》の未《いま》だ眼《め》を点《てん》ぜざる者《もの》は、見《げん》に在《あ》り。

「二竜の未だ眼を点ぜざる者は」というのは、漢文独特の言い回し。「二竜」のあとに英語の関係代名詞が入っているような感じで、「未だ眼に点ぜざる」が後ろから「二竜」を修飾していると捉えるとわかりやすいでしょう。〝まだ眼に瞳を描き入れていない二匹の竜〟という意味です。

それが「見に在り」とは、〝目に見える形で存在している〟ということ。〝信じられないだろうけど、二匹の竜が絵から抜け出て飛び去ったのは事実で、その証拠に、残りの二匹の竜の絵は、瞳が空白になったままきちんと存在しているよ〟というわけです。

想像力のふくらませ方

「画竜点睛」という四字熟語は、このお話から生まれたものです。その場合の「画」は、〝絵を描く〟こと。つまり、この四字熟語を漢文として読むと「竜を画《えが》きて睛《ひとみ》を点ず」となり、文字通りには〝竜の絵を描いてその瞳を描き込む〟という意味。転じて〝最も重要なものを最後に加えて、全体を完成させる〟ことのたとえとして使われます。

また、「画竜点睛を欠く」とは、〝全体としてはすばらしいのに、残念なことに最も重要なものが欠けている〟こと。ちなみに、「画竜」は、「がりょう」と読む方が伝統的ですが、「がりゅう」と読んでも問題はありません。

さて、このお話のおもしろさは、まずは、最後に描き加えるのが瞳だというところにあるでしょう。竜の絵ですから、最後に残るのは角であってもひげであっても鱗《うろこ》一枚であってもいいわけですが、瞳だというのが、いかにもそれらしいですよね。人間だって、瞳に光がなければ〝死んでいるみたいだ〟と言われてしまいます。瞳を描き入れた瞬間、目玉がギロリと動いて竜が躍動し始めるようすが、目に浮かぶようです。

ただ、私がおもしろいと思うのは、結びの部分で、残された二匹の竜の絵の存在に触れているところです。おそらく、この話が書かれた当時は、金陵の安楽寺に行けば、瞳のない二匹の竜の絵を見ることができたのでしょう。その存在によって、絵の中から竜が抜け出て天に昇ったという不思議な物語に、リアリティが与えられているのです。

逆に考えると、この物語は、安楽寺にあった、理由はわからないけれど瞳が描き込まれていない、二匹の竜の絵から着想されたものなのでしょう。でも、その理由を説明する物語を考えるとなったら、その二匹の竜に関する物語を考えるのがふつうの発想ではないでしょうか。

それを、もう二匹分、竜の絵があったことにして、それがなくなった経緯を考えているところが、着想として非凡だと思うのです。それを有名な画家に結びつけて、こんなお話に仕立て上げるとは！　この想像力のふくらませ方には、脱帽です。

2　天女の服の秘密――天衣無縫（霊怪録）

孤独なイケメンの夕涼み

天に昇っていった竜の次は、天から降りてきた人の話を読んでみましょう。今度は、七世紀の中国を舞台にしたお話です。

太原《たいげん》（現在の山西省太原市）の郭《かく》氏といえば、当時、この地方を代表する名家でしたが、その一族に郭翰《かくかん》という男性がいました。彼は若いころから名門の子弟らしく気高いオーラを発していて、立ち姿もあか抜けていました。話もうまく、書道のたしなみもあったといいますから、今でいう〝シュッとしたイケメン〟タイプ。ただ、幼いころに両親とは死に別れたともありますので、どこか陰のあるイケメンだったのでしょう。

ある夏の暑い夜、この郭翰さんが、月がきれいなので庭に出て涼んでいたところ、どこからともなくいい香りが漂ってきました。

仰ギテ視レバ二空中ヲ一、見ルレ有ルヲ二人ノ冉《ぜん》冉《ぜん》トシテ而下ル一。

仰《あお》ぎて空中《くうちゅう》を視《み》れば、人《ひと》の冉冉《ぜんぜん》として下《くだ》る有《あ》るを見《み》る。

「仰ぎて空中を視れば」というのは、〝顔を上げて（いい香りが漂ってくる方向の）空中に目を向けると〟という意味。「視」は、「飲河満腹」にも出てきたように（七七頁）、〝注意して目を向ける〟ことを表します。

「有人冉冉而下」の部分は、「人の冉冉として下る有り」と「人有り、冉冉として下る」という二つの訓読のし方があります。どちらで読んでも、〝「冉冉として下る」人がいた〟という意味に変わりはありません。

その「冉冉」は、〝動作がゆっくりとしている〟ようす。どこからともなく漂ってくるいい香りに誘われて、郭翰さんが顔を上げてそちらの空中に目を向けたところ、〝ゆっくりと降りてくる人の姿が見えた〟のです。

空から人が降りてくるとは、異星人か、神さまか。いずれにしても尋常なことではありません。突然のできごとに、郭翰さんもびっくりしたことでしょう。

漫画にありそうな展開

その人は、郭翰さんの方に近づいてきました。

直チニ至二レバ翰ノ前一ニ、乃チ一少女也。

直《ただ》ちに翰《かん》の前《まえ》に至《いた》れば、乃《すなわ》ち一少女《いちしょうじょ》なり。

「直ちに翰の前に至れば」は、〝まっすぐに郭翰の前までやってくると〟。「乃」は「盤根錯節」で出てきましたね（一一八頁）。ちょっとした事情や感情の揺れが挟まっていることを表すので、それがどんな事情や感情なのか、考えてみると鑑賞が深まります。ここでは、〝意外なことに〟という意味合いでしょうか。空から人が降りてくるだけでも驚きですが、見れば〝なんとうら若い女性だった〟というわけです。

陰のあるイケメン君のところに、突然、天から不思議な少女が降りてくる。漫画やライトノベルにありそうな設定ですが、これは九世紀の中国で書かれた『霊怪録《れいかいろく》』（八世紀の終わりに書かれた『霊怪集』だという説もあります）という本に出てくるお話。昔の人も今の人も、考えることにはあまり違いがないのです。
そういうわけですから、この二人がいい仲になるのも、当然の展開。彼女は毎晩、彼のもとへと通ってくるようになります。『霊怪録』によれば、実は彼女は七夕伝説の織《おり》姫《ひめ》さまで、郭翰さんに天上界のことをいろいろと教えてくれます。その一つに、ある四字熟語の元ネタとして有名な、次のようなエピソードがあります。

常識では考えられない！

ある時、織姫さまが、天界から衣装箱を持ってきて、郭翰さんに見せてくれたことがありました。入っているのは、どれも地上界では見たこともないようなものばかりです。

徐《おもむ》ロニ視ルニ二其ノ衣ヲ一、並ビニ無シレ縫フコト。

徐《おもむ》ろに其《そ》の衣《ころも》を視《み》るに、並《なら》びに縫《ぬ》ふこと無《な》し。

「徐ろに」とは、〝ゆっくりと〟という意味。「徐ろに其の衣を視るに」と「視」を用いていますから、かなり注意深く見たのでしょう。郭翰さんは〝じっくりとその衣装を見ていった〟わけです。
続く「並びに」は、〝いくつかのものが並んでいる〟ところから、〝どれもみんな〟という意味。「縫」は、文脈を考えると〝縫ったあと〟を指していますが、それをきちんと訓読に生かすのは難しいので、漠然と「縫ふこと」と読んでいます。
郭翰さんは天上界の衣装を注意深く見たけれど、「並びに縫ふこと無し」つまり〝どれにも縫ったあとがなかった〟というわけ。驚いた彼がその理由を尋ねたところ、返ってきたのは次のような答えでした。

天衣ハ本ヨリ非ザル二針線ノ為スニ一也。

天衣《てんい》は本《もと》より針線《しんせん》の為《な》すに非《あら》ざるなり。

「針線の為す」とは、〝針と糸で作ったもの〟。つまり、織姫さまは〝天上界の衣装は、そもそも針と糸で作るものではないのですよ〟と答えたというのです。地上界の常識がまったく通用しないのが、天上界なのでありましょう。
ここから生まれたのが、「天衣《てんい》無《む》縫《ほう》」という四字熟語。芸術作品などが〝すばらしい出来なのに、技巧を凝らしたあとがまったくない〟という意味で使われます。また、人の言動について、〝わざとらしさがまったくなく、感じるままに振る舞っている〟場合にも用いられます。どちらにせよ、〝人間離れしている〟〝常識離れしている〟というニュアンスを含んでいることは、元になったこの物語を読めば、明らかでしょう。

織姫さまの悲しい答え

さて、そうやって二人は一年ほど愛の日々を送るのですが、別れは突然、訪れます。ある日、織姫さまが涙ながらに、「天帝の命令によって、お別れしなければならなくなりました」と言い出したのです。驚いた郭翰さんは、「あと何日、一緒にいられるのですか？」と尋ねます。それに対する織姫さまの答えは……。

対《ヘテ》曰《ハク》、只今夕耳《のみト》。

対《こた》へて曰《い》はく、只今夕《ただこんせき》のみ、と。

「対へて曰はく」というのは、〝返事をする〟場合のお決まりの表現。「曰はく」は、

「暴虎馮河」で見て（六四頁）以来の、久々の登場。織姫さまのセリフのあとに「と」を付けて締めくくっているのも、「暴虎馮河」の時と同じです（六八頁）。

最後の「耳」は、聴覚器官の〝みみ〟とはまったく関係がない、漢文独特の用法。文法的なことは二の次にする約束ですので、説明は簡単に済ませておきましょう。

✤文末に置かれた「耳」の用法

☆「A耳」のように文末に置かれ、〝Aなのだ〟といった強い肯定の気持ちを表す。訓読では「のみ」と読み、ひらがな書きにするのが一般的。

このタイプの「耳」は、「只」のような〝○○だけ〟という意味の漢字とよくペアになって、〝ただ○○だけなのです〟という強調の表現となります。つまり、織姫さまの答えは、〝会えるのはただ今夜だけなのです〟という悲しい内容だったのです。

遂ニ悲泣シ、徹暁不レ眠ラ。及レビ旦《あした》ニ撫《ぶ》抱《ほう》シテ為レス別レヲ。

遂《つい》に悲泣《ひきゅう》し、徹暁眠《てつぎょうねむ》らず。旦《あした》に及《およ》び撫抱《ぶほう》して別《わか》れを為《な》す。

漢文に出てくる「遂に」は、〝そのまま〟という意味。「徹暁」は、「徹夜」と同じこと。「暁」とは〝明け方〟を意味する漢字で、訓読みでは「あかつき」と読みます。二人は〝そのまま悲しんで泣き、眠らないまま明け方を迎えた〟のです。

その次の「旦に及び」の「旦」は、〝朝〟のこと。「元旦」とは本来は〝元日の朝〟をいうことは、みなさんもどこかで耳にしたことがあるでしょう。「撫抱」の「撫」は、「な（でる）」と訓読みする漢字ですが、ここでは〝いたわる〟〝慰める〟という心理的な意味で解釈するといいかもしれません。〝朝になると二人は慰め合って抱き合い、別れのあいさつをした〟のでした。

いつまでも見つめていたい……

さて、いよいよ、織姫さまが天上界へと帰る場面です。

便《すなわ》チ履《ふ》ミテレ空ヲ而去リ、廻《かい》顧《こ》シテ招クレ手ヲ。良《やや》久シクシテ方《はじ》メテ滅ス。

便ち空を履みて去り、廻顧して手を招く。良久しくして方めて滅す。

また「すなわ（ち）」と訓読みする漢字が出てきましたね。「便」の場合は、前の内容を受けて、〝その流れのまま〟後ろの内容が続くことを表します。「履」は、本来は〝足で踏む〟ことを意味する漢字。「靴を履く」のように「は（く）」と訓読みするのは、〝足を上に載せる〟ところから転じた用法です。「便ち空を履みて去り」というのですから、織姫さまは〝別れのあいさつが済むと引き続いて〟、階段でも上るように〝一歩ずつ空中を昇っていった〟のでしょう。

「廻顧」とは、〝振り返る〟こと。「手を招く」とは文字通りには〝手招き〟をすることですが、ここでは別れのあいさつとして〝手を振った〟のでしょう。想像するとちょっと切ない、恋人たちの別れの場面ですよね。

そのあとの「良久しくして」は、〝かなり長い時間が経ってから〟。「方」は、ここでは〝ようやく〟という意味を表すちょっと珍しい用法で、その場合には「はじ（めて）」と訓読みするのが習慣です。

つまり、織姫さまの姿は少しずつ遠ざかっていって、〝長い間かかってようやく見えなくなった〟。逆に言えば、〝ずいぶん長い間、見え続けていた〟のです。その時間の長さが郭翰さんの悲しみの深さと比例していることは、言うまでもないでしょう。

その後の郭翰さんは、どうなったのでしょうか。

織姫さまのことが忘れられない彼は、地上界の女性には興味が持てなくなりました。後継ぎを作るために勧められて結婚はしたものの、長続きせず離婚してしまいます。そうして、陰のあるイケメンは、孤独のうちに生涯を終えたということです。

運命に対するささやかな抵抗

天界の女性と地上界の男性との恋物語は、世界各地で語られています。今、読んだお話も、そのうちの一つに過ぎません。ただ、このお話では、「天衣無縫」に代表されるような細かい設定や、別れの場面に見られるようなリアルな描写に、語り手の工夫が見られます。それが、現在まで読みつがれている理由なのでしょう。

織姫さまがある日、突然、やってきて幸せな思いをさせてくれたものの、またある日、突然、姿を消してしまう。郭翰さんからすれば、自分が何かをしたわけでもないのに、幸せになったり不幸になったりするわけで、まったく、理不尽な展開ですよね。

でも、そもそも恋とは理不尽なものです。もっと言えば、人生とは理不尽なもの。その理不尽さは昔はもっと激しくて、病気だとか戦争だとか身分の差だとか生活苦だとかによって、愛する人と別れなければいけなくなることが、今よりももっと頻繁にありました。人々はそれを〝運命〟と呼び、黙って受け入れてきたのです。

そういう〝運命〟に対するささやかな抵抗として、人々はこの種の物語を語り継いできたのでしょう。そう考えると、このかなり甘い物語にも、捨てがたい魅力が感じられるように、私には思われます。

3　仙人の弟子のふらちな空想――麻姑掻痒（神仙伝）

仙人さまをおもてなし

さて、織姫さまのお話に続いては、仙人になった女性、いわゆる「仙女」が出てくる、ちょっとユーモラスなお話を読んで、この本の締めくくりといたしましょう。

仙人とは、中国の土着の宗教、道教で説かれる、理想的な人間像。厳しい修行の果てに仙人になると、不老不死となり、体重もなくなって自由に空を飛び、天上界と地上界を行き来できるようになるほか、さまざまな不思議な術を使えるようになります。まったく夢のようなお話ですが、昔から中国ではその実在が信じられていて、数々の仙人たちの伝記をまとめた書物が作られてきました。

四世紀の初めごろに書かれた『神仙伝《しんせんでん》』は、その中でも元祖のような存在。八十人余りの仙人たちのかなり詳しい伝記が、収められています。

そのうちの一人、王方平《おうほうへい》は、正式な姓名は王遠《おうえん》。後漢王朝の桓帝《かんてい》という皇帝のころの学者だといいますから、『神仙伝』が書かれる百数十年前、二世紀後半の人です。若いうちに勤めを辞めて修行を始め、四〇年ほど経ったある日、「明日、お迎えがくる」と言うと、翌日に亡くなります。ところが、三日目の晩、彼のなきがらは、衣服と帯だけを残してするりと抜け出たように、忽然《こつぜん》と消え失せました。仙人になったのです。

その後、王方平は、蔡経《さいけい》という人物のもとに現れます。蔡経はふつうの庶民でしたが、王方平の導きによって仙人となり、彼もまた地上界から姿を消しました。そして十数年後、その蔡経が実家にふらりと姿を見せます。そして、「方平先生がお見えになるから、おもてなしの準備をしてください」と言ったのです。

そのことばの通り、やがて王方平が、五匹の竜が引く車に乗り、大勢のお供を引き連れてやってきました。ところが、いざ彼が客の座についたとたん、あら不思議、お供の者たちの姿は見えなくなってしまいました。

さらに、王方平はあいさつもそこそこに、妹分の麻姑《まこ》という仙女を呼び寄せると言い出して、彼女のもとへと使いを出しました。すると、ほどなくして、麻姑が返事をする声が、どこからともなく聞こえてきました。

「もう五〇〇年もお目にかかっていませんね。用を済ませたらすぐに参上いたします」

時空のゆがみと鳥のような爪

ところが、しばらくして姿を現した本人はというと、五〇〇年以上も生きているとはとても思えない、年のころ十八、九の、みめうるわしい女性なのです。『神仙伝』が書かれた時代と王方平の時代は百数十年しか隔たっていないことも考え合わせると、この物語では時間軸というものがまったく無視されているのです。

さて、そういう世界観の中で、王方平をもてなす宴会のようすが描かれていくのが、この伝記の中心部分。天上界から持参した豪華な食器が出てきたり、お取り寄せの不思議なお酒について語られたりするのですが、その中に、本筋とはあまり関係がないけれど印象的な、次のようなエピソードがあります。

麻姑ノ手ノ爪、不レ如《ごと》カラ二人ノ爪一、爪ノ形、皆似タリ二鳥ノ爪ニ一。

「如」は、漢文にはよく出てくる重要な漢字。文語の助動詞「ごとし」を使って訓読みするのが基本です。

❖「如」の基本的な用法
☆「如A」の形で「Aのごとし」「Aするがごとし」などと読み、〝まるでAのようだ〟〝まるでAするかのようだ〟といった意味を表す。「ごとし」は助動詞なので、書き下し文ではひらがなにするのが一般的。

そこに注意して、書き下し文を作ってみましょう。

麻姑《まこ》の手《て》の爪《つめ》、人《ひと》の爪《つめ》のごとからず、爪《つめ》の形《かたち》、皆鳥《みなとり》の爪《つめ》に似《に》たり。

ここでは、「不如」の形で、〝〇〇のようではない〟という意味を現しています。つまり、〝麻姑の手の爪は、人の爪のようではなく、すべての爪の形が鳥の爪に似ていた〟というわけ。長く伸びて、先がぐいっと内側に曲がっていたのでしょう。

かゆいところに手が届く

この爪を見て、蔡経さんの頭に妙な考えがよぎりました。

若《もシ》背《ノ》大《イニ》癢《かゆキ》時、得《テ》二此《ノ》爪《ヲ》一以《テ》爬《かカバ》レ背《ヲ》、当《まさニ》《べキ》レ佳《よカル》也。

ここでは、最初に出てくる「若」と最後の方に出てくる「当」について、説明が必要でしょう。「若」は、私たちにとっては「わか（い）」と訓読みする漢字ですが、漢文ではこの意味で出てくることはありません。「朝三暮四」では二人称の代名詞として出てきましたが（一〇八頁）、ここでは、「も（し）」と訓読みして、仮定を表しています。

「当」の方は、漢文でも「あ（たる）」と訓読みすることはありますが、ここでは「まさ（に）……べ（し）」と読む、再読文字としての用法。これまでに何度か練習してきた「未」と同じ要領で、まずは返り点を無視して「まさ（に）」と読み、あとで返り点に従って返ってきて「べし」と読みます。

❖再読文字の「当」の用法

☆「当A」の形で、「当にAすべし」と読み、〝当然○○するべきだ〟〝必ずや○○するだろう〟という意味を表す。二度目に読む「べし」は助動詞なので、書き下し文ではひらがなにするのが一般的。

以上を踏まえると、書き下し文は次のようになります。

若《も》し背《せ》の大《おお》いに癢《かゆ》き時《とき》、此《こ》の爪《つめ》を得《え》て以《もっ》て背《せ》を爬《か》かば、当《まさ》に佳《よ》かるべきなり。

「癢」は、〝かゆい〟ことを表す漢字。「痒」と書かれることもあります。「爬」は、〝指の先を何かに押し当てる〟ことを表す漢字で、「つか（む）」とか「か（く）」と訓読みします。「爬虫類《はちゅうるい》」とは、本来は、地面などを手で〝つかんで〟移動する動物という意味。「佳」は、〝好ましい〟という意味合いです。

王方平の弟子である蔡経さんは、麻姑の爪を見て、〝もし、背中がとてもかゆい時に、この爪を手に入れてそれで背中をかいたなら、きっと気持ちがいいことだろうなあ〟と考えたのです。

女性の手を見てそんなことを考えたのですから、ふらちといえばふらちでしょう。とはいえ、ふらちな考えが頭をよぎるというのは、人間ならば誰でもあることで、空想にとどまっている限りでは何の罪もないはずです。

ところが、弟子の罪のない空想は、師匠にはお見通しだったようです。

方平、已《すでニ》知ル二経ノ心中ノ所ヲレ言フ。

久々に一レ点の登場ですが、もうお茶の子さいさいですよね。

方平《ほうへい》、已《すで》に経《けい》の心中《しんちゅう》の言《い》ふ所《ところ》を知《し》る。

「已」は、〝もう終わっている〟ことを表す漢字。「所」は、「城狐社鼠」で出てきたのと同じで、動作や行動の対象を表します（一五七頁）。ここでは「言ふ所」ですから〝言った対象〟、要するに〝言った内容〟という意味となります。

つまり、〝王方平は、蔡経が心の中で何を思ったか、とっくに気づいていた〟のです。

そこで、どうしたかというと……。

即《すなわ》チ使ム二人ヲシテ牽《ひ》キレ経ヲ鞭《むち》ウタレ之ヲ。

即《すなわ》ち人《ひと》をして経《けい》を牽《ひ》き之《これ》を鞭《むち》うたしむ。

「即」は「画竜点睛」に出てきたばっかり（一八二頁）。「使」は、「南郭濫吹」に出てきた使役の形を作る漢字ですよね（一四三頁）。「牽」は、〝引っ張っていく〟という意味の漢字。「鞭」は何かを叩くのに使う〝むち〟ですが、ここではそれが〝むちで叩く〟という動詞として使われているので、「むち（うつ）」と訓読みしています。

弟子がふらちな空想をたくましくしたことに気づいた王方平は、〝すぐさま、手下の者に蔡経を引っ張っていかせて、鞭でうたせて懲らしめた〟のでした。

仙人らしくない仙人

以上のお話からは、「麻姑掻痒《まこそうよう》」という四字熟語が生まれています。いわゆる「かゆいところに手が届く」ことを表していて、〝誰かのおかげで思い通りの結果が得られる〟という意味で使われます。

また、私たちが背中をかくのに用いる、「孫の手」と呼ばれる道具がありますよね。あれの語源は「麻姑の手」だ、と言われています。蔡経さんはちょっとふらちな空想をしたために、鞭で打たれるというひどい目に遭いましたが、その空想が現実化して孫の手になっていると思うと、なんだかおもしろいですよね。いつか孫の手を使うことがあったら、かわいそうな蔡経さんのことを思い出してみてください。

この蔡経さんは、王方平のおかげで仙人になったはずなのですが、仙人らしい活躍はまったくしません。それどころか、実家で接待をさせられた挙げ句、鞭打たれてしまうのですから、仙人とはいえ、どうやら王方平のパシリ程度の身分のようなのです。

結局はそういう上下関係の中で生きなくてはいけないのだとしたら、仙人になるのもいかがなものか……、と思ってしまいますよね。でも、逆に考えると、そういう〝仙人離れ〟したエピソードだからこそ、このお話は印象に残るわけで、「麻姑掻痒」や「孫の手」が生み出されたのも、その魅力があってこそのことなのでしょう。

〝人間離れ〟した仙人の存在は、やはり、夢物語。私たちは、人間の世界でしか生きていくことはできないし、人生の価値とはその中にこそ存在しているものなのでしょう。

漢文こぼれ話⑥　中国の「小説」の流れ

中国で四世紀ごろから書かれるようになった、この世のものとは思えない不思議な物語は、「志怪小説《しかい》」と呼ばれています。ここでの「志」は、「誌」に近く、〝文章として残す〟という意味です。

志怪小説は、一つ一つの長さも短く、〝本当にあったとうわさされている話〟を記録したというスタンスで書かれており、フィクションとしての意識は希薄です。「画竜点睛」のもとになった『歴代名画記』の一節や、「麻姑掻痒」の話を含む『神仙伝』などは、その例だといえるでしょう。

しかし、七、八世紀ごろ以降になると、まとまった長さがあり、〝フィクションを書く〟という意識を持って創作された作品が見られるようになります。それらは、「伝奇小説」と呼ばれています。「天衣無縫」の元ネタを含む『霊怪録』は伝奇小説の作品集ですが、残念ながら現在では、その一部しか伝わっていません。

志怪小説から伝奇小説への流れは、一四世紀ごろ以降、有名な『三国志《さんごくし》演義《えんぎ》』『水滸《すいこ》伝《でん》』『西遊記《さいゆうき》』といった、史実に壮大な尾ひれを付けた大長編小説を生み出すことになります。これらは、庶民を対象として当時の中国語の口語で書かれているため、当時の文語であるいわゆる「漢文」とは異なりますが、江戸時代には簡易な翻訳で日本にも紹介され、多くの読者を獲得しました。そのため、四字熟語の中には、これらに由来すると思われるものもあります。

たとえば、『西遊記』の中には、孫悟空たち一行が「一心同体《いっしんどうたい》」であるという表現が見られます。また、〝本当かうそかわからない〟ことを意味する「虚虚実実《きょきょじつじつ》」は、『三国志演義』の中で語られる、天才軍師、諸葛孔《しょかつこう》明《めい》が敵の裏の裏をかくようすから生まれたことば。また、〝見るからに重々しく立派なようす〟を現す「威風堂堂《いふうどうどう》」も、『三国志演義』や『水滸伝』などに出てくる「威風凜凜《りんりん》」と「相貌堂堂《そうぼう》」が組み合わさったことばかと思われます。

おわりに

漢文を読むのは、楽譜を見ながら音楽を演奏するのに似ている。――そんなふうに感じることがあります。

私は、若いころにアマチュア・オーケストラでヴィオラという楽器を弾いていたことがあるものの、例の「南郭の処士」たちを地で行くようなヘッポコでした。そのため、大それたことは言えないし言うつもりもないのですが、音楽の場合は、ト音記号だの四分音符だのシャープだのスラーだのといったさまざまな記号を読み解いていくと、その先に楽曲が姿を現します。それは、返り点だの送り仮名だの置き字だの句形だのといった記号やきまりを読み解いていくと、その先に物語や思想が立ち現れてくるのと似ていないでしょうか。

楽譜に頼らないで自由に即興で演奏ができるのは、たとえれば外国語を自由にしゃべれるようなもの。それはもちろんすばらしいことです。でも、楽譜とじっくり向き合って、作曲家の意図を探り、自分の解釈を加えながら音楽を演奏するのが、また違った意味で十分におもしろいことも言うまでもないでしょう。だとすれば、漢文の原文に向き合い、自分なりにそれを読み解いていく作業にも、他では経験できないたのしさがあるとしたものではないでしょうか。

なおかつ、同じ楽譜でも演奏する人によってつむぎ出される音楽が変わってくるように、漢文の原文を読む場合も、読み手次第でそこから導き出される解釈はさまざまに変化します。『史記』や『論語』をはじめとする漢文の古典を、翻訳ではなく原文で読んでみることのおもしろさは、そこにあるのです。

楽器の練習では、やさしい曲から始めて少しずつ難易度を上げながら、演奏技法を身につけていきます。その際、技法を身につけるためだけに書かれた〝練習曲〟ばかりやるのではなく、それぞれのレベルに応じて、きちんと〝音楽として書かれた曲〟にも取り組みます。そうすることで、技法を使いこなせるようになるだけでなく、豊かな音楽性が養われていくわけです。

同じように、やさしい文章から始めて少しずつ難易度を上げながら、漢文を読み解くのに必要な基礎知識を習得していくような本を作ることはできないでしょうか。その際、基礎知識を学ぶためだけに取り上げる〝教材〟ではなく、内容的にも読む価値がある〝本物の文章〟を通じて学習を進めていけば、漢文を読む〝おもしろさ〟も自然と身につくのではないでしょうか。

本書は、そんな思いから生まれました。そこで、取り上げたそれぞれの文章に対する私自身の解釈も、語ってみるようにしました。いわば、私なりの演奏をお聞かせしたわけです。漢文の〝たのしみ方〟の参考になれば、幸いです。

漢文の世界は広くて深く、本書を読んだくらいで漢文を自由に読み解けるようになるはずもないのは、もちろんのことです。とはいえ、この小さな本をきっかけにして、漢文の世界にこれまで以上の親しみを感じてくださる方がいらっしゃるならば、著者として望外の喜びです。

〝四字熟語の元になった漢文を読む〟というスタイルは、東京・目白にあるカルチャー・センター、学習院さくらアカデミーで担当させていただいている、漢文入門の講座で採用してきたものです。この講座では、これまでに〝四字熟語の元になった漢文〟を一〇〇以上、取り上げてきました。長年にわたってこの講座を開かせてくださっている学習院さくらアカデミーのみなさんと、つたない講座に辛抱《しんぼう》強くお付き合いくださってきた受講生のみなさんに、この場を借りて感謝を申し上げます。

本書の企画は、その講座に目をとめてくださった筑摩書房編集部の鶴見智佳子さんのご提案により、実現しました。鶴見さんなくしては、本書の刊行はありえませんでした。心よりお礼を申し上げます。そのほか、すてきなイラストを描き起こしてくださった大《おお》高郁子《たかいくこ》さんはもちろんのこと、組版・校正から印刷・製本、そして宣伝・販売に至るまで、本書の出版に関わってくださるすべての方にお礼を申し上げて、結びといたします。

二〇二四年九月、残暑の厳しい蒸し暑い朝に

円満字　二郎

ちくまプリマー新書

033 おもしろ古典教室　上野誠

「古典なんて何の役にも立ちません！　私も古典の授業が嫌いでした！」こう言いきる著者が、「おもしろい」を入り口に、現代に花開く古典の楽しみ方を伝授する。

168 平安文学でわかる恋の法則　高木和子

告白されても、すぐに好きって言っちゃいけない？　切ない恋にあっさり死んじゃう？　複数の妻に通い婚？　老いも若きも波瀾万丈、深くて切ない平安文学案内。

216 古典を読んでみましょう　橋本治

古典は、とっつきづらくて分かりにくいものと思われがちだ。でも、どれもがふんぞり返って立派なものでもない。さまざまな作品をとり上げ、その魅力に迫る。

333 入門　万葉集　上野誠

万葉集は、古代人のSNSです――日本最古の歌集の成り立ち、時代、人物や場所について親しみやすい超訳とともに解説。初めて読む人のための「感じる」入門書。

ちくまプリマー新書

360
徒然草をよみなおす
小川剛生
「徒然草」は、本当に「無常観を主題とした遁世者の随筆」なのだろうか。どうもそうではないらしい。当時の文脈に置きなおすことで、本当の姿が見えてくる。

318
しびれる短歌
穂村弘
東直子
恋、食べ物、家族、動物、時間、お金、固有名詞の歌、トリッキーな歌など、様々な短歌を元に歌人の二人が短歌とは何かについて語る。楽しい短歌入門！

053
物語の役割
小川洋子
私たちは日々受け入れられない現実を、自分の心の形に合うように転換している。誰もが作り出し、必要としている物語を、言葉で表現していくことの喜びを伝える。

106
多読術
松岡正剛
読書の楽しみを知れば、自然と多くの本が読めます。著者の読書遍歴をふりかえり日頃の読書の方法を紹介。さまざまな本を交えながら、多読のコツを伝授します。

ちくまプリマー新書

273 人はなぜ物語を求めるのか　千野帽子

人は人生に起こる様々なことに意味付けし物語として認識することなしには生きられません。それはどうしてなのか？　その仕組みは何だろうか？

326 物語は人生を救うのか　千野帽子

世界を解釈し理解するためにストーリーがあった方が、人は幸福だったり、生きやすかったりします。私たちの周りに溢れているストーリーとは何？

372 問う方法・考える方法　——「探究型の学習」のために　河野哲也

私たちは人生の中で出会う様々な課題を、見つけ、調べて、解決することが求められる時代に生きている。新学習指導要領の重要キーワード「探究」のためのテキスト。

432 悪口ってなんだろう　和泉悠

悪口はどうして悪いのか。友だち同士の軽口とはなにが違うのか。悪口を言うことはなぜ面白い感じがするのか。言葉の負の側面から、人間の本質を知る。

ちくまプリマー新書

442
世にもあいまいなことばの秘密
川添愛
「この先生きのこるには」「大丈夫です」これらの表現は、読み方次第で意味が違ってこないか。このような曖昧な言葉の特徴を知れば、余計な誤解もなくなるはず。

463
ことばが変われば社会が変わる
中村桃子
ひとの配偶者の呼び方がむずかしいのはなぜ？　ことばと社会のこんがらがった相互関係をのぞきこみ、私たちがもつ「言語観」を明らかにし、変化をうながす。

002
先生はえらい
内田樹
「先生はえらい」のです。たとえ何ひとつ教えてくれなくても。「えらい」と思いさえすれば学びの道はひらかれる。——だれもが幸福になれる、常識やぶりの教育論。

134
教育幻想
——クールティーチャー宣言
菅野仁
学校は「立派な人」ではなく「社会に適応できる人」を育てる場。理想も現実もこと教育となると極端に考えがち。問題を「分けて」考え、「よりマシな」道筋を探る。

ちくまプリマー新書

ちくまプリマー新書

407
哲学するってどんなこと？
金杉武司

謎に溢れた世界の読み解き方を教えてくれる哲学。でも何からどう取り組めばいいの？　問いの立て方から答えの探し方まで、練習問題とともに学べる新しい哲学入門。

238
おとなになるってどんなこと？
吉本ばなな

勉強しなくちゃダメ？　普通って？　生きることに意味はあるの？　死ぬとどうなるの？　人生について、生まれてきた目的について吉本ばななさんからのメッセージ。

405
「みんな違ってみんないい」のか？
——相対主義と普遍主義の問題
山口裕之

他人との関係を切り捨てるのでもなく、自分と異なる考えを否定するのでもなく——「正しさ」とは何か、それはどのようにして作られていくものかを考える。

412
君は君の人生の主役になれ
鳥羽和久

管理社会で「普通」になる方法を耳打ちする大人の中で育ち、安心を求めるばかりのあなたは自分独特の生き方を失っている。そんな子供と大人が生き直すための本。

ちくまプリマー新書

226
何のために「学ぶ」のか
――〈中学生からの大学講義〉1
外山滋比古／前田英樹
今福龍太／茂木健一郎
本川達雄／小林康夫／鷲田清一
大事なのは知識じゃない。正解のない問いを、考え続けるための知恵である。変化の激しい時代を生きる若い人たちへ、学びの達人たちが語る、心に響くメッセージ。

227
考える方法
――〈中学生からの大学講義〉2
永井均／池内了／管啓次郎
萱野稔人／上野千鶴子
若林幹夫／古井由吉
世の中には、言葉で表現できないことや答えのない問題がたくさんある。簡単に結論に飛びつかないために、考える達人が物事を解きほぐすことの豊かさを伝える。

228
科学は未来をひらく
――〈中学生からの大学講義〉3
村上陽一郎／中村桂子／佐藤勝彦
高薮縁／西成活裕／長谷川眞理子
藤田紘一郎／福岡伸一
宇宙はいつ始まったのか？ 生き物はどうして生きているのか？ 科学は長い間、多くの疑問に挑み続けている。第一線で活躍する著者たちが広くて深い世界に誘う。

229
揺らぐ世界
――〈中学生からの大学講義〉4
立花隆／岡真理／橋爪大三郎
森達也／藤原帰一
川田順造／伊豫谷登士翁
紛争、格差、環境問題……。世界はいまも多くの問題を抱えて揺らぐ。これらを理解するための視点は、どうすれば身につくのか。多彩な先生たちが示すヒント。

ちくまプリマー新書 473

四字熟語《よじじゅくご》で始《はじ》める漢文入門《かんぶんにゅうもん》

二〇二四年十一月十日　初版第一刷発行

著者　円満字二郎（えんまんじ・じろう）

装幀　クラフト・エヴィング商會

発行者　増田健史

発行所　株式会社筑摩書房
東京都台東区蔵前二‐五‐三　〒一一一‐八七五五
電話番号　〇三‐五六八七‐二六〇一（代表）

印刷・製本　株式会社精興社

ISBN978-4-480-68499-8 C0298　Printed in Japan